正幫無敵
개방무적

녹룡 新무협 판타지 소설

FANTASTIC ORIENTAL HEROES

개방무적 1

녹룡 新무협 판타지

초판 1쇄 찍은 날 § 2013년 4월 23일
초판 1쇄 펴낸 날 § 2013년 4월 30일

지은이 § 녹룡
펴낸이 § 서경석

편집부장 § 권태완
편집책임 § 박은정
디자인 § 이혜정

펴낸곳 § 도서출판 청어람
등록번호 § 제1081-1-89호
등록일자 § 1999. 5. 31
어람번호 § 제2-2329호

주소 § 경기도 부천시 원미구 심곡2동 163-2 서경B/D 3F (우) 420-822
전화 § 032-656-4452팩스 § 032-656-4453
http://www.chungeoram.com
E-mail § chungeorambook@daum.net

ISBN 978-89-251-3267-9 04810
ISBN 978-89-251-3266-2 (세트)

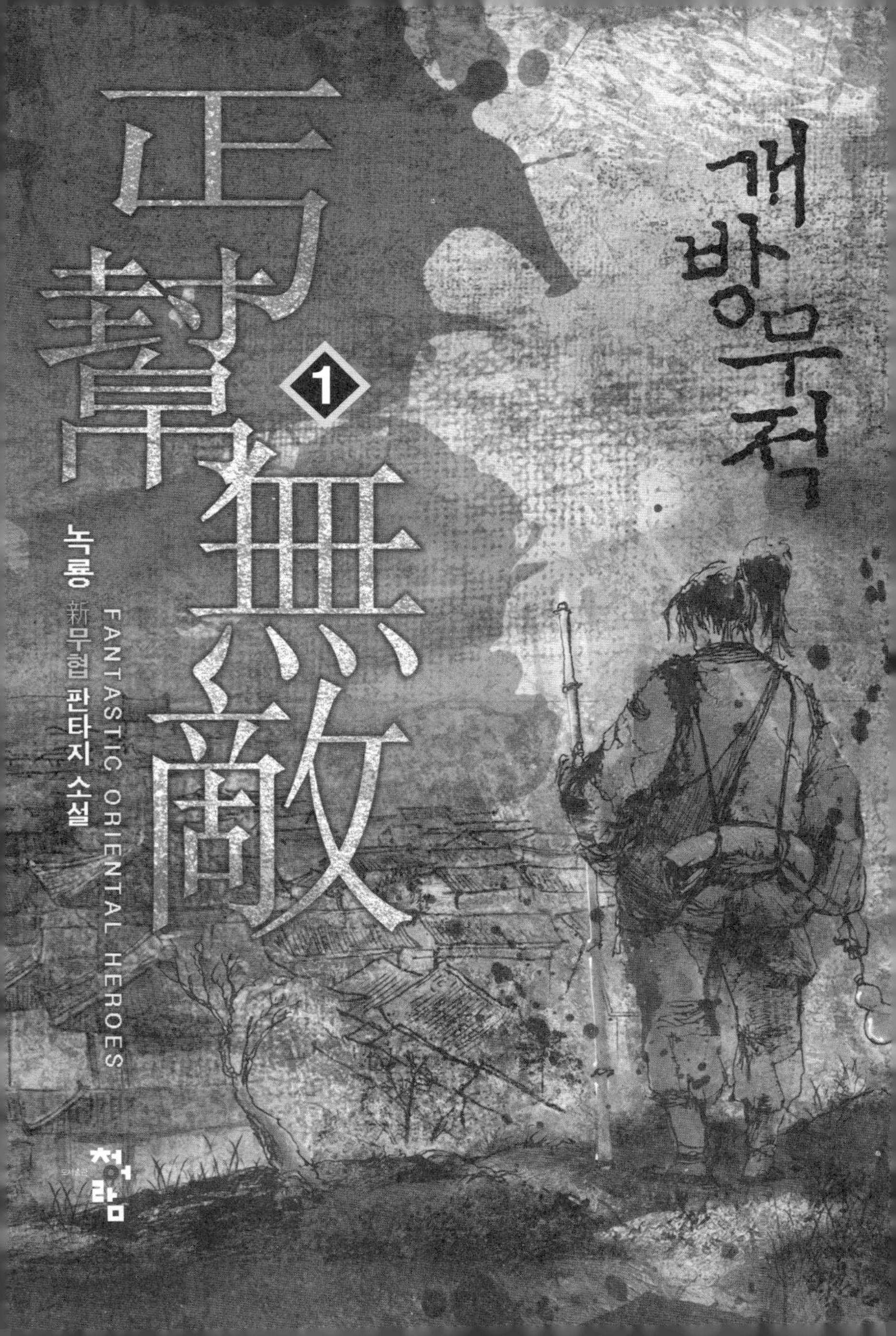
丐幇無敵
1
개방무적
녹룡
新무협 판타지 소설
FANTASTIC ORIENTAL HEROES
도서출판 청어람

目次

第一章 만남

산동성 태산.

한 소년과 늙은 거지가 함께 나무에 기대앉았다.

소년은 고급스런 외투를 걸쳤는데 눈이 맑고 깨끗했다.

소년의 이름은 제갈총운. 올해로 열 살을 맞이하는 제갈세
가의 다섯째 아들이었다.

그의 손에는 김이 모락모락 나는 만두가 들려 있었다.

"드세요."

"정말 주는 거냐?"

늙은 거지가 눈을 치켜떴다. 그는 만두와 제갈총운을 번갈

아 응시했다.

"제가 먹을 거면 진작 먹었죠. 식기 전에 드세요."

말이 떨어지기 무섭게 손을 뻗는 늙은 거지.

거지는 뜨거운 만두를 불지도 않고 한입에 삼켰다.

입천장이 데일까 염려됐지만 정작 본인은 신경도 쓰지 않았다.

제갈총운은 안쓰러운 표정으로 거지를 바라봤다.

하얗게 센 백발엔 기름기가 번지르르 했다. 걸친 것이라곤 얇은 적삼뿐인데 누런 때가 이곳저곳 눌러 붙었다.

거기다가 몸을 움직일 때마다 시큼한 악취가 뿜어져 나왔다.

'아. 먹고 싶다.'

게 눈 감추듯 사라지는 만두를 볼 때마다 목젖이 출렁거렸다. 본래 만두는 산허리를 굽어보며 천천히 음미할 생각으로 가져왔다.

그런데 늙은 거지가 먼저 명당을 차지하고 있었다.

거지는 배고프다며 연신 중얼거렸는데 차마 이를 지나치지 못했다.

"꺼억. 잘 먹었다. 혹시 물은 없냐?"

거지가 제갈총운을 보며 이를 쑤셨다.

제갈총운이 고개를 젓자 아쉽다는 듯 혀를 찼다.

두 사람은 한동안 말없이 산 아래를 내려다보았다. 안개가 살짝 어린 비경은 마치 그들을 신선의 세계로 인도하는 듯했다.

먼저 침묵을 깬 것은 제갈총운이었다.

"할아버지, 살기 힘드시죠?

"내가? 왜? 세상에 나보다 편한 사람이 어디 있다고."

늙은 거지는 자랑스럽게 가슴을 폈다.

제갈총운은 그런 거지를 보며 한숨을 내쉬었다.

"죄송하지만 할아버지는 가진 게 하나도 없잖아요. 매일 남한테 빌어먹고 사는데."

"에끼! 이놈이. 사실 너한테만 말하는데 나는 중원에서 제일가는 부자야."

"아무리 어리다고 해도 거짓말하지 마세요. 저한테 만두도 얻어먹었으면서."

"그럴까? 진짜 부자는 만두를 살 수 있는 사람이 아니야. 만두를 안 먹을 줄 아는 사람이지."

거지의 말은 아리송했다.

어린 나이에 각종 경전에 통달하며 총명하다는 소리를 들어온 제갈총운이었지만, 늙은 거지의 말은 도통 이해할 수 없었다.

"무식한 너를 위해 간단하게 예를 들어주마."

거지는 나무에서 덜 익은 사과를 따왔다. 그는 제갈총운에게 사과를 쥐어 보라며 건넸다.

의아하긴 했지만 제갈총운은 노인장이 하라는 대로 따랐다. 그는 오른손으로 사과를 힘껏 쥐었다.

"자. 지금 넌 사과를 쥐었지? 그 손으로 만두도 쥘 수 있겠느냐?"

노인장이 주머니에 숨겨 두었던 만두를 꺼냈다.

"아니요. 손이 꽉 차서 안 돼요."

"만두를 쥘 수 있는 방법이 정령 없단 말이냐?"

"네."

그의 대답에 거지가 만족스런 미소를 지었다. 그는 자신의 오른손에 사과를 쥐었다.

"너는 못하지만 나는 만두를 쥘 수 있지. 보여줄까?"

"말도 안 돼요. 할아버지 손도 작잖아요."

"허허. 잘 보거라."

거지는 손에든 사과를 땅에 떨어뜨리고 만두를 집었다.

뭔가 신기를 보여줄 줄 알았건만 터무니없는 행동을 한 것이다.

이에 제갈총운이 잔뜩 볼을 부풀렸다.

"반칙이에요. 그걸 누가 못해요."

"꼬마야. 내가 무슨 말을 하고 싶은지 모르겠느냐?"

거지의 청명한 눈동자가 제갈총운을 훑었다. 그의 모습은 마치 산신이 머리 꼭대기에 앉아 자신을 내려다보는 것 같았다.

고민하던 제갈총운은 고개를 저었다.

"모르겠어요."

"진짜 부자는 손에 아무것도 가지지 않은 사람이란다. 사과를 가졌다고 해서 손에서 놓지 않는다면 다른 맛있는 것들도 먹지 못할 게 아니냐? 손이 빈 사람이야말로 모든 것을 가질 수 있는 법이지."

거지가 인자한 표정으로 턱수염을 쓰다듬었다.

"나는 세상에서 제일가는 부자란다. 가진 것이 없으니 잃을 것이 없고, 잃을 것이 없으니 모든 것을 다 가진 셈이지. 껄껄껄."

거지의 청명한 웃음소리가 공터를 울렸다.

순간 제갈총운은 온몸에 찌르르 전기가 오는 것을 느꼈다.

거지의 가르침은 이제껏 자신이 배워왔던 것과 확실히 달랐다. 딱딱한 경전과 예법을 통쾌하게 관통하는 무언가가 있었다.

총운이 매일같이 태산에 오르는 것도 다 그 때문이었다. 성인들의 말은 하나같이 고리타분했다.

책사들의 가르침은 그보다 한술 더 떴다.

그들은 적을 기만하고 이득을 취하는 지식과 병법만을 열거했다. 그 뜻대로라면 인간은 오로지 거만한 유아독존인일 뿐이었다.

　　"제가 할아버지를 따라 다녀도 괜찮을까요?"

　　제갈총운은 용기를 내어 한 마디 했다. 이 기회를 놓치고 싶지 않았다.

　　그동안 읽었던 책에서는 얻지 못했던 해답을 그와 함께라면 얻을 수 있을 듯했다.

　　"나 같은 거지를 쫓아다녀서 무엇 하느냐? 게다가 너는 제갈가의 자식이 아니더냐? 집안의 반대가 심할 것이다."

　　"어떻게 거기까지 알고 계시죠?"

　　"거지 밥을 십 년 이상 먹으면 알기 싫어도 알게 되는 법이지."

　　거지가 껄껄껄 웃었다.

　　하나 제갈총운은 개의치 않고 공손하게 삼배(三拜)를 했다. 스승으로 모시겠다는 예를 올린 것이다.

　　"어허! 집으로 돌아가거라. 제갈가의 자식을 거지로 만들고 싶은 마음은 없다."

　　"저는 거지가 되려고 따르는 것이 아니에요. 세상에서 제일가는 부자가 되기 위해 따르는 것이에요."

　　늙은 거지는 제갈총운의 말재간에 혀를 내둘렀다. 방금 배운 것을 응용하는 데는 그라도 당해낼 재주가 없었다.

제갈총운은 기세를 잡았다 생각하여 말을 이었다.

"사내대장부가 뜻을 세우는 건 이르면 이를수록 좋다고 들었어요. 그러니 지금 이 순간부터 할아버지를 따르겠어요."

제갈총운이 딱 부러지게 마무리를 지었다. 이에 거지조차 말문이 막혔다.

거지는 턱수염을 만지며 고민에 잠겼다.

"정령 거지가 되고 싶다는 것이냐?"

"그냥 거지가 아니고 할아버지 같은 거지가 되고 싶어요."

"좋다. 어찌 보면 이것도 인연이겠지. 집에 인사를 드리고 오너라. 출발은 이후에 하도록 하자."

"아니에요. 집에 가면 마음이 약해질 거예요. 지금 바로 출발해요."

"당돌한 녀석. 나중에 돌아가고 싶다고 투정을 부려도 소용없을 줄 알아."

거지는 피식 웃으며 앞서 걷기 시작했다.

그는 취한 듯 흐느적거렸지만 도저히 쫓을 수가 없었다. 한 걸음을 좁히면 두 걸음이 멀어지곤 했다.

하나 제갈총운은 이를 악물고 뒤를 쫓았다.

거지는 제갈총운이 적합한지 시험하고 있었다. 눈치 빠른 총운이 이를 모를 리 없었다.

"할아버지, 아니, 스승님의 존함을 알고 싶어요."

제갈총운이 허리를 굽힌 채 숨을 몰아쉬었다. 체력을 보충하고자 꾀를 부린 것이다. 다행히 수는 먹혀들어갔다.

"나 말이냐?"

거지가 돌아서며 누런 이를 드러냈다.

"떠돌이 거지가 무슨 거창한 이름이 있겠냐? 그냥 개걸취라고 부르거라."

총운은 그제야 스승을 자세히 보았다.

매듭이 달린 허리띠가 없는 것을 보아 개방의 인물은 아닌 듯했다. 하지만 오른손에는 길쭉한 타구봉(打狗棒)이 들려 있었다.

'뭐, 타구봉이 꼭 방주의 신물은 아니니까.'

타구봉은 거지들이 개나 닭을 잡을 때 쓰는 유용한 도구 중 하나였다. 반드시 방주의 신물이라고는 볼 수 없었다.

"다 쉬었으면 그만 따라 오거라."

개걸취가 피식 웃더니 걷기 시작했다. 총운의 속셈을 모두 간파하고 있었던 것이다.

'눈치도 빠르셔.'

총운은 가쁜 숨을 토하며 뒤를 따랐다.

* * *

하북성 남쪽의 야산.

한 노인과 한 소년이 하산하고 있었다.

산동성 여정을 끝마친 개걸취와 제갈총운이 바로 그 주인공이었다.

개걸취는 빨갛게 달아오른 얼굴로 구성진 타령을 뽑아냈다.

그는 하산할 무렵 챙겨두었던 황주(黃酒)를 들이켰다. 술기운이 돌자 절로 신명이 났다.

그 뒤를 쫓는 것은 기진맥진한 제갈총운이었다.

그의 용모는 처음 여정을 떠날 때와는 백팔십도 달랐다. 기름진 머리는 사방으로 뻗쳤으며 얼굴에는 시꺼먼 땟물이 졌다. 백태가 낀 이에서는 구취가 났고 귓가에는 허연 귀지도 앉았다. 올이 나가고 흙투성이가 된 제갈가의 외투 역시 버린지 오래였다.

'아. 진짜 거지 같다.'

제갈총운은 앞서가는 개걸취를 째려보았다.

개걸취의 협박 아닌 협박으로 이제까지 단 한 번도 씻지 못했다. 그뿐만 아니라 끼니의 대부분을 누룽지와 산열매로 때웠다.

한 번은 인심을 쓴다고 준 것이 누린내가 나는 야생개고기였다.

"계속 안 먹고 버틸 거냐? 권하는 것도 한 번뿐이다."

"그냥 안 먹을래요."

제갈총운은 손사래를 치며 사양했다.

그의 머릿속에는 타구봉에 신음을 뱉던 개의 모습이 선명했다. 특히 두개골이 빠개지는 소리는 언제고 떠올릴 수 있을 듯했다.

잠이라도 편안히 잤냐면 그마저도 아니었다.

두 사람은 흙바닥에 거적때기를 깔고 잤다.

쌀쌀한 봄바람이 얇은 담요 안으로 파고들었다. 또한 거적을 뚫고 나온 잔돌들로 인해 등이 배겼다.

베고 잤던 팔이 항시 눈물로 젖었던 것은 어쩔 수 없는 일이었다.

아직 어렸던 제갈총운은 집 생각이 간절했다.

특히 자신을 예뻐했던 손윗누이 제갈유화가 떠올랐다. 그녀의 환한 미소를 생각하면 당장에라도 제갈가로 뛰어가고 싶었다.

제갈총운은 어린 머릿속으로 수백 번을 고민했었다. 그냥 집으로 돌아가도 좋지 않을까.

가족에게 사랑을 받으며 경전을 공부할 수 있는 것도 커다란 축복이 아닌가.

하지만 생각을 그대로 실천하는 것은 쉽지 않았다.

무엇보다 스승인 개걸취는 매력적인 인물이었다. 앞으로 이런 호인을 만날 가능성은 극히 드물었다.

"총운아. 너는 무림의 문파 중 어느 곳을 가장 좋아하느냐?"

"구파와 세가들 모두 각자의 장점이 있어요. 이를 하나의 잣대로 놓고 우열을 놓는 것은 옳지 않아요."

"그래도 점찍어 둔 곳이 없지는 않을 텐데?"

"굳이 꼽자면 소림과 무당이에요."

"허허. 너도 다른 놈들과 같이 겉멋 든 것들을 좋아하는구나."

무림동도가 들으면 눈 뒤집을 만한 이야기를 개걸취는 아무렇지 않게 했다.

그는 딱딱한 누룽지를 씹으며 말을 이었다.

"소림은 밥맛이다. 자신들은 불도를 닦네 마네 하지만 정작 중요한 일이 생기면 슬쩍 발을 빼지. 무당도 마찬가지야. 그네들은 너무 젠 척해. 장문인부터 속가제자까지 자기가 도인인 줄 안다니까?"

개걸취는 껄껄 웃었다. 그의 호탕한 웃음에 산새들이 놀라 하늘로 치솟았다.

"무림의 최고봉은 뭐니 뭐니 해도 개방이지. 사람은 태어난 이상 반드시 죽게 되어 있어. 그리고 죽고 나서는 빈털터리 거지가 되지. 한 마디로 무림의 모든 이가 잠재적인 개방의 식구란 말이다."

개걸취가 툭툭 던지는 말에는 모두 뼈가 담겨 있었다.

제갈총운은 이를 들을 때마다 희열을 느끼는 자신을 이해할 수 없었다.

개걸취의 심오한 경지는 알 듯 모를 듯 그를 끌어당기고 있었다.

두 사람은 반 시진 정도를 더 걸어 하북성 북경에 도착했다.

번화한 도시인 만큼 총문에서부터 사람들이 바글바글했다. 표국의 마차와 짐수레가 도로를 가로질렀으며 갖가지 음식점과 상점들이 거리 옆으로 늘어섰다.

"그럼 이제부터 시험을 해볼까?"

개걸취가 총운의 어깨에 손을 얹었다.

누런 이가 드러나는 미소에 제갈총운은 불길한 징조를 느꼈다.

"저는 이미 스승님의 제자 아닌가요? 갑자기 왜 시험을."

"허허. 내가 너를 제자라고 인정한 적이 있더냐? 곰곰이 잘 생각해 보거라."

개걸취는 귀를 파며 시선을 피했다.

그의 약은 행동에 총운은 소리라도 빽 지르고 싶었다. 그럼 제자도 아닌 사람과 이 주간 함께 여행을 한 건 왜란 말인가.

"지금부터 네가 거지가 될 소질이 있는지 알아보겠다. 소질이 보이지 않으면 제자 이야기는 없던 걸로 하자꾸나."

"거지가 되는데도 소질이 필요해요?"

"물론이지. 그럼 거지는 아무나 하는 줄 알았더냐?"

개걸취는 별 시답지 않은 소리를 들었다는 듯 콧방귀를 꼈다.

이에 제갈총운의 얼굴이 붉으락푸르락했다.

그는 이미 자신을 충분히 거지라고 생각하고 있었다. 이 더러운 용모를 보고 누가 그를 제갈가의 자식이라 생각하겠는가.

총운의 마음을 읽었는지 개걸취가 씨익 미소를 지었다.

"호오. 그럼 자신이 있다는 거냐?"

"당연하죠."

"기백만큼은 높이 사마. 사실 말이 시험이지 그렇게 어려운 건 아니야."

개걸취는 검지와 중지를 세우며 말을 이었다.

"딱 두 달이다. 이곳 하북성 북경에서 살아남아라. 내 시험은 그것뿐이다."

"정말 다른 건 없나요? 더 이상 절 속이시면 안 돼요."

"여기 허리에 달린 타구봉에 맹세하마. 이번 시험에 통과하면 제자로 받아들임과 동시에 내 밑천을 모두 네게 전수하마."

"좋아요! 저는 자신 있으니까요."

패기 넘치는 제갈총운을 보며 개걸취는 그저 실실 웃을 따름이었다.

"정확히 두 달 뒤에 이 자리에 다시 오면 된다. 그럼 나는 먼저 가보마. 제갈가로 돌아간다 해도 원망은 안 할 테니 걱정마라. 뭐, 돌아갈 방법이 있을지나 모르겠지만."

개걸취는 비틀거리며 군중 사이로 사라졌다.

멀어지는 그를 보며 제갈총운은 비릿한 미소를 지었다.

"사람 잘못 봤어요. 두고 보시죠."

第二章

거지 입문

개걸취와 헤어진 지 삼 일째.

혈혈단신으로 남겨진 제갈총운은 오갈 데가 없었다. 더불어 먹을 것도, 잠잘 곳도 없었다. 무일푼인 그에게 하북은 그저 차갑고 삭막한 전쟁터와 같았다.

총운은 생존을 위해 하루하루 피를 말리는 사투를 벌여야 했다.

처음엔 두 달 버티는 것쯤은 일도 아니라고 생각했다. 스승인 개걸취는 여기저기서 잘도 동냥을 얻어왔다. 그렇기에 어린 자신은 그보다 훨씬 잘 빌어먹을 수 있다고 생각했다.

게다가 그가 지내야 할 곳은 하북성이었다.

이 기름진 도시에는 먹을 것과 사람들이 넘쳐 났다. 설마 이런 곳에서 굶는 일이 있을까 얕잡아 보기도 했다.

하지만 설마 했던 걱정이 우려가, 정말 현실이 될 줄은 꿈에도 몰랐다.

"아. 죽겠다. 이젠 뭐라도 먹어야 되는데."

제갈총운은 굶주린 배를 움켜쥐었다.

스승과 헤어진 뒤로 물로만 허기를 달랬다.

그간은 시장의 끝자락에서 동냥을 해보았다. 하지만 밥풀 한 알도 돌아온 것은 없었다. 행인들은 그를 동정을 하면서도 쉽사리 주머니를 열지 않았다.

이제 더 이상 한 자리에 죽칠 수는 없었다.

"맞아! 왜 그 생각을 못했지?"

제갈총운은 화색을 띠며 자리를 떴다.

머릿속에 떠오른 것은 바로 음식점이었다.

음식점에 죽을 치고 있으면 남은 잔반이나 혹은 손님들에게 뭔가를 얻어먹을 수 있으리라.

하지만 음식점에는 이미 다른 거지들이 진을 치고 있었다. 다른 음식점과 주루를 가 봐도 마찬가지였다.

제갈총운은 혀를 찼다.

거지들의 숫자는 상상을 뛰어넘었다.

게다가 그들은 이미 한발 빨리 명당을 차지하고 있었다. 음식점 입구에 가까운 곳, 쓰레기 처리장 같은 곳에는 특히 더 거지가 들끓었다.

"이런 거지 같은."

입에서 절로 욕지거리가 터져 나왔다.

제갈가의 자식으로 있을 때는 몰랐다. 거지들의 수가 이렇게 많고 또 조직적인 줄은. 거지가 되고서야 비로소 거지들이 보이기 시작했다.

"그래도 어쩔 수 없지. 이젠 못 참겠어."

제갈총운은 용감하게 발걸음을 돌렸다.

그가 향한 곳은 하북성에서도 열 손가락 안에 드는 용포객잔이었다. 객잔 주변에는 하숙객들이 문전성시를 이루었다.

하나 진을 치고 있는 거지는 의외로 적었다. 덩치가 큰 중년 거지 몇몇이 주변을 기웃거릴 따름이었다.

'이런 게 좋은 곳을 놓치고 있다니.'

제갈총운은 미소를 띠며 객잔 앞에 자리를 잡았다.

"어디서 굴러먹다 온 놈이지?"

"처음 보는 새끼인데? 혹시 넌 아냐?"

거지들이 제갈총운을 보며 쑥덕거렸다.

제갈총운은 이를 무시하고 입구에 바짝 붙어 동냥을 시작했다.

그는 무릎을 꿇은 채 가여운 표정으로 입구를 바라봤다.

스승 개걸취는 뻔뻔한 태도로 동냥을 펼쳤다.

실없는 농담도 잘 던졌고 남의 음식을 슬쩍 집어먹기까지 했다. 하나 어린 그가 스승을 따라할 순 없었다.

제갈총운이 할 수 있는 동냥은 역시 인정의 호소였다. 갓 열 살이 된 소년이 배를 곯고 있는 모습을 보면 누구나 측은지심이 들 것이다.

'뭔가 하나 던져주고 싶을 정도로 불쌍해야 해.'

허기로 인해 절정의 연기력을 쏟아냈다. 배가 고파 죽을 것처럼 인상을 썼으며 추운 척 몸을 떨기도 했다.

제갈가의 자존심은 버린 지 오래였다.

자존심을 세운다고 해서 누군가 그를 알아주는 것도 아니었으니까.

동냥은 생각보다 쉽지 않았다. 한 시진 가까이 자리를 폈지만 아무것도 얻지 못했다.

그러던 중 한 중년 부부가 그의 앞에서 멈칫거렸다. 인자한 표정의 부인은 주머니에서 천쪼가리를 꺼냈다.

"이 아이. 너무 어린데요? 이거라도 줄까요?"

"안 돼. 거지가 한둘이야? 그럴 거면 하북에 있는 거지는 당신이 다 먹여 살리던가."

"너무 과장하지 마세요. 먹다 남은 월병이나 주려고 하는 건데.”

부부가 투덕거리는 것을 보고 총운은 눈을 번뜩였다. 드디어 기회가 온 것이다.

“부모님은 다섯 살 때 돌아가시고 어린 남동생은 지병으로 앓아누웠습니다. 부디 자비를 베풀어 주세요.”

“아이구, 딱해라. 이거라도 보태 쓰렴.”

부인은 먹다 남은 월병과 더불어 엽전 한 냥을 던져주었다. 그리고 남편과 말다툼을 벌이며 멀어졌다.

그들의 뒷모습을 보며 제갈총운은 회심의 미소를 지었다.

부모님을 팔아먹은 것이 죄스럽기는 했지만 결국 스스로 동냥을 얻었다. 그도 이제 당당히 거지의 대열에 들어선 것이다.

“맛있겠다.”

제갈총운은 월병을 입에 댔다. 하지만 바삭거리며 부서져야 할 월병은 온데간데없었다. 대신 이가 서로 부딪치면서 머리가 울렸다.

“뭐 이런 거지새끼가 있어?”

어느새 덩치 큰 거지들이 주변을 감쌌다. 그들은 제갈총운을 향해 눈을 부라렸다.

“너희는 뭐야? 빨리 내 월병 돌려줘!”

“남의 구역에서 맘대로 동냥을 하면 쓰나? 간덩이가 배 밖으로 나온 모양이지?"

"말도 안 되는 소리 하지 마. 너희가 주변 땅을 산 것도 아니잖아. 내가 어디서 동냥을 하든 무슨 상관이야?"

"형님. 이놈 아무래도 초짜 거지인 것 같은데요?"

"큭큭, 하긴 나도 이런 때가 있었지."

무리의 왕초 격인 걸화자가 피식 웃음을 터뜨렸다. 그리고 한입에 월병을 깨물었다. 이에 파삭하는 소리와 함께 조각이 주변으로 튀었다.

"뭐하는 짓이야!"

제갈총운의 눈에 불이 어렸다.

남이 동냥한 것을 빼앗다니. 이건 거지가 아니라 완전히 불한당이었다.

"너희들 관아에 신고할 거야. 두고 보라고."

돌아서는 제갈총운을 걸화자가 붙잡았다.

걸화자는 총운에 비해 덩치가 세 배 이상 컸다. 더군다나 팔뚝에는 통나무만 한 근육이 튀어나왔다.

손아귀를 벗어나려 했지만 그럴수록 얼굴이 달아올랐다.

"엽전은 내놓고 가라."

"절대 못 줘. 이건 내 거야."

"아무래도 따끔한 맛을 봐야겠군."

걸화자의 주먹이 총운의 안면을 때렸다.

제갈총운은 이를 견디지 못하고 벌러덩 넘어졌다. 머리에
는 별이 돌고 코끝이 시큰거렸다.

　　그 틈을 타 걸화자가 주머니에 있는 엽전을 빼냈다.

　　"돌려줘! 그건 내 거라고."

　　"이봐. 멋모르는 꼬마 거지 씨."

　　걸화자가 미간을 찌푸리며 얼굴을 들이밀었다.

　　"동냥도 장사야. 장사를 하려면 장소를 잘 봐가면서 해야
지. 여기에 왜 거지들이 여섯밖에 없는 줄 알아?"

　　"그딴 거 알 게 뭐야?"

　　"지금부터는 알아두는 게 좋아. 계속 거지 생활을 하고 싶
다면 말이지. 애들아 오늘은 맛있는 것 좀 먹어보자."

　　걸화자 일행은 저들끼리 떠들며 자리를 벗어났다.

　　그들이 사라진 후 제갈총운은 바닥에 떨어진 월병조각을
주워 먹었다. 흙먼지가 섞인 월병이 콰드득 입에서 부서졌다.

　　한줄기 눈물이 흘렀다.

＊　　　＊　　　＊

　　그날 저녁.

　　제갈총운은 강가에서 물로 허기를 채웠다. 워낙 먹은 것이
없었던지라 물마저 달게 느껴졌다.

적당히 배를 채운 그는 커다란 돌에 걸터앉았다.

밤이 깊었던 만큼 야산에는 아무도 없었다.

강줄기에는 달빛이 보석처럼 부서졌다. 쌀쌀한 바람이 적
삼을 뚫고 몸을 휘감았다.

가만히 보름달을 보는데 왈칵 눈물이 쏟아질 뻔했다.

어쩌자고 거지가 되기 위해 정든 집을 떠났단 말인가.

집에서는 의식주를 걱정할 필요가 없었다. 필요한 것이 있
을 땐 말만하면 가질 수 있었다.

지금처럼 남에게 고개를 조아리고 볼썽사나운 짓을 하지
않아도 됐다.

가족들 또한 그를 더없이 사랑했다.

늙은 거지의 말에 혹했던 것이 실수라면 실수였을까.

제갈총운은 입술을 꼭 깨물었다.

'그래도 여기서 포기할 순 없어!'

여기서 도망치는 것은 사나이의 자존심이 허락하지 않았
다.

그는 영특하기로 소문난 제갈가의 막내였다. 한낱 거지 생
활을 못 이기고 꽁무니를 뺄 수는 없었다.

진심이 통하며 하늘도 감동한다고 하지 않던가.

어딘가에는 반드시 길이 있을 것이다.

그 길을 찾으면 분명 하북에서의 두 달도 버텨낼 수 있을

것이다.

"머리를 쓰자. 내 장기를 펼치는 거야."

각오와 함께 밤은 깊어만 갔다.

第三章

거지의 길

새 아침이 밝았다.

제갈총운은 미간을 찌푸리며 몸을 일으켰다.

그가 잠을 청한 곳은 예전에 스승과 함께했던 커다란 암석 밑이었다.

벌레들이 기어 다니고 찬바람이 솔솔 불었지만 밖에서 자는 것보다는 나았다.

"힘내보자."

스스로를 격려하며 강가로 나갔다.

그는 평소와 같이 물로 배를 채우려 했다. 하지만 물에서

신맛이 났다. 이를 참고 삼키려고 해도 계속해서 속이 거부했다.

삼 일 가까이 빈속으로 지냈더니 물도 받지 않는 듯했다. 그러고 보니 대변을 본 지도 꽤 오래 되었다. 먹은 것이 없으니 나올 것이 없는 게 당연했지만.

"오늘 안에 승부를 봐야 해."

제갈총운은 찡그리며 배를 움켜쥐었다.

내장이 뒤틀리고 속 쓰린 증상이 점차 심해지고 있었다. 더 이상 끼니를 해결하지 못한다면 정말 아사할지도 몰랐다.

제갈가의 자식이 집을 떠나 굶어죽다니.

이 소식이 무림에 퍼지면 아마 가문에 지울 수 없는 치욕이 될 것이다.

그는 우선 산에서 끼니를 해결할 수 있는지 살폈다.

역시 가장 만만한건 산에서 나는 과일이었다. 봄철에 얻을 수 있는 과일로는 딸기와 오디 정도가 있었다.

제갈총운은 눈에 불을 켜고 산을 돌아다녔다.

대로를 벗어날 땐 다시 돌아오기 위해 표식을 남기기도 했다.

굶주린 배를 안고 돌아다녔지만 수확은 없었다. 간신히 과일 나무를 발견했을 때는 이미 다른 사람이 따간 흔적이 역력했다.

그 주인공이 누구일지는 굳이 생각할 필요도 없었다.

"이런 거지 같은."

총운은 이를 갈며 근처에 놓인 평평한 돌에 앉았다. 시간이 가면서 시름도 깊어만 갔다.

제갈총운은 탄식했다.

"버섯을 먹고 싶지만 뭐가 독버섯인지도 모르잖아."

자신의 무지함과 무력함에 절로 힘이 빠졌다. 그 많은 경전과 예법을 공부했으나 살아가는 데 도움이 되는 건 하나도 없었다.

가족과 주변인은 어렸을 적부터 그를 영재라며 추켜세웠다. 하지만 자신은 그냥 헛똑똑이였다.

그렇지 않고서야 가진 지식으로 단 한 끼도 해결하지 못할 리가 없었다.

제갈총운은 한숨을 쉬며 하산했다. 이제 산에서 건질 수 있는 건 없었다.

그의 다음 목표는 하북성에 있는 거지의 세력들을 살피는 것이었다. 어제 객잔에서 맞았을 때 왕거지는 분명 이렇게 말했었다.

객잔에서 활동하는 거지의 수가 왜 적은지 알아두는 게 좋을 거라고.

제갈총운은 하북성을 돌며 거지들을 면면히 살폈다. 그들이 동냥하는 장소는 어디인지 또는 뭉쳐 다니는 수는 얼마나 되는지.

반나절 넘게 돌아다닌 끝에 그는 작은 깨달음을 얻을 수 있었다.

하북성의 거지는 크게 두 패로 나뉘었다.

하나는 개방에 소속된 거지들로 이들은 전체 거지의 팔 할 가까이를 차지했다.

그들은 항렬을 따지며 서로 마주칠 때마다 깍듯이 인사를 주고받았다. 또한 개방의 거지들은 조직적이었다.

그들이 동냥하는 장소는 모두 항렬에 따라 정해졌다. 그래서 어떤 장소를 가던 똑같은 거지가 자리를 차지하고 있었다.

다른 패들은 타 지역에서 흘러든 거지들이었다.

그들은 주로 서넛이 몰려다니며 시장과 주점을 전전했다.

'거지에게도 예도가 있었구나.'

제갈총운은 어제 자신이 큰 실수를 저질렀음을 알았다.

그가 어제 동냥을 했던 용포객잔은 항렬이 높은 거지에게 배분되는 곳이었다.

한마디로 하룻강아지가 호랑이의 코털을 건드린 셈이었다.

제갈총운은 입술을 깨물었다.

'억울하지만 어쩔 수 없지.'

모든 것은 거지들이 일방적으로 정한 규칙이긴 했다. 하지만 거지가 된 이상 제갈총운도 이를 무시할 수는 없었다.

하북에 있는 거지들 전체를 적으로 돌릴 수는 없는 법이니까.

"저기, 뭐 좀 물어보고 싶은데요."

제갈총운은 시장 입구에 있는 거지에게 말을 걸었다.

혼자서 살아남기엔 무리라는 걸 깨달은 것이다. 거지 사정은 거지가 제일 잘 안다고 하니 조력자를 구할 셈이었다.

그 거지는 개방소속이 아니니 어쩌면 무리로 받아줄지도 모른다.

"뭐냐, 넌?

그는 총운을 훑더니 손으로 머리를 긁었다. 그럴 때마다 하얀 이가 툭툭 튀어나왔다.

예전이라면 기겁했겠지만 지금의 총운에겐 아무렇지도 않았다.

거지는 그를 한참 동안 보더니 고개를 갸웃했다.

"어제 개방의 걸화자를 건드린 게 너냐? 진걸이한테 들은 거랑 생긴 게 똑같은데?"

"그걸 어떻게?"

제갈총운은 입을 쩌억 벌렸다.

어째서 처음 보는 거지가 그의 행적을 알고 있단 말인가.

총운의 표정을 읽고 거지가 씨익 미소를 지었다.

"맞구나. 그럼 말 걸지 말고 썩 꺼져. 나도 피 보기 싫으니까."

"거지 생활은 처음이에요. 무얼 어떻게 해야 할지 모르겠어요. 선배님께 가르침을 받고 싶습니다."

"글쎄. 가라니까. 걸화자 놈한테 찍히면 답 없어."

"삼 일째 굶고 있습니다. 제발 부탁입니다."

제갈총운은 거지의 바짓가랑이를 잡았다.

이제 그도 필사적이었다. 더 이상 굶었다간 정말 죽을지도 모른다는 생각이 들었다.

"사정없는 거지가 세상에 어디 있냐? 그리고 네 밥그릇은 항상 네가 챙기는 거야."

그럼에도 제갈총운은 손을 놓지 않았다.

거지가 표주박으로 머리를 내리침에도 복지부동이었다.

결국 표주박이 퍽 하는 소리와 함께 갈라지고 말았다.

"아이고, 아까운 내 밥통. 놔라, 놔!"

"못 놓습니다."

"에이, 쌍! 뭐 이런 거지새끼가 다 있어?"

거지는 제갈총운을 걷어찼다.

총운은 힘을 이기지 못하고 바닥에 나동그라졌다. 기력을 쏟아내서 일어설 힘도 없었다.

구경거리가 생기자 사람들이 몰리기 시작했다.

"난 모르는 일이야. 걸화자한테도 그렇게 전해."

거지는 들으라는 듯 한소리를 하고 자리를 떴다. 사람들은 이내 몰렸던 것처럼 우르르 사라졌다.

제갈총운은 힘겹게 몸을 일으켰다.

입에서는 모래가 씹혔으며 머리가 핑 돌았다. 아무래도 그는 하북의 모든 거지를 등지게 된 듯했다.

거지의 세계가 이렇게 무섭고 냉정할 줄이야.

그는 비틀거리며 시장의 후미진 곳을 향했다.

어쩔 수 없이 이전 자리에서 동냥을 할 생각이었다. 하지만 그곳은 이미 다른 거지가 자리를 차지했다.

허리에 달린 띠를 보면 개방 소속임이 분명했다.

'안 돼. 오늘마저 굶게 되면.'

제갈총운은 비틀거리며 걸음을 옮겼다.

그가 향한 곳은 갑부들의 주택가였다. 거리를 따라 으리으리한 집들이 늘어섰다. 집들은 모두 담이 높았으며 화려한 문양의 기와들이 햇빛을 반사하고 있었다.

이상하게도 이곳엔 거지가 하나도 없었다.

그 이유를 제갈총운은 곧 온몸으로 깨달았다.

문을 두드리고 동냥을 할라치면 장한들이 나와 그를 쫓아냈다. 다짜고짜 주먹을 날리는 이들도 있었다.

덕분에 한쪽 눈에는 새파란 멍이 들었다.

"…이렇게 굶어죽는 건가?"

제갈총운은 뒤틀리는 배를 안고 걸음을 옮겼다.

걷다보니 우연치 않게 외떨어진 빈민가에 들어섰다. 빈민가의 사람들은 하나같이 생기가 없었다.

다들 어깨를 축 늘어뜨렸고 쉽사리 눈을 마주치려 하지도 않았다. 곳곳에서 갓난아이의 새된 울음이 터지기도 했다.

"여기서 결판을 보자. 더 이상은 물러날 곳이 없어."

차마 동냥을 하기도 미안한 곳이었지만 제갈총운은 이를 꽉 깨물었다.

우선은 살아남아야 한다. 살지 못하면 그 어떤 일도 도모할 수 없었다.

그는 빈민가를 돌며 집들을 면밀히 살폈다. 지푸라기를 이어 만든 엉성한 담 덕분에 안을 보기엔 좋았다. 거리를 반쯤 돌았을 때 한 노인의 모습이 눈에 띄었다.

"어딜 갔느냐? 진운아. 진운아."

노인은 마루턱에 앉아 연신 손주를 찾고 있었다. 고부라진 허리를 보니 지팡이 없이는 거동이 불가능해 보였다.

드디어 기회가 왔다.

제갈총운은 재빨리 다가가 노인을 부축을 했다.

"어디로 가실 거예요? 제가 부축해 드릴게요."

"아이고. 이렇게 고마울 때가. 손주 놈이 또 지팡이를 들고 놀러나간 모양이야. 그러지 말라고 신신당부를 했건만."

노인은 혀를 차며 부뚜막까지 같이 가달라고 부탁했다.

제갈총운은 노인을 부축하여 부뚜막까지 향했다.

부뚜막 아궁이에선 불길이 활활 타올랐다. 새까만 냄비에선 걸쭉한 미음이 김을 뿜어내고 있었다.

"기왕 부탁하는 거 한 가지만 더 해도 될까? 안뜰에 가면 받아놓은 물이 있는데 그걸로 불 좀 꺼줘."

"어려울 거 없죠."

제갈총운은 노인을 한 구석에 앉히고 불을 껐다.

"어린 것이 참 날쌔기도 하네. 보아하니 거지 같은데 미음이라도 한 그릇하고 가."

"정말 그래도 될까요?"

"넉넉하니 양껏 먹어라."

노인이 누런 이를 드러내며 웃었다.

제갈총운은 노인을 마루에 앉힌 뒤 그 옆에 나란히 앉았다. 손에는 따끈따끈한 미음이 담긴 그릇이 들렸다.

미음이 뿜어내는 김을 보고 있자나 문득 가슴이 울컥했다. 삼 일 만에 드디어 음식다운 음식을 먹게 되었다. 감개무량한 것도 이상한 일이 아니었다.

제갈가에 있을 때는 쳐다보지도 않았던 미음이지만 지금

의 그에겐 오향장육보다 군침 도는 음식이었다.

제갈총운은 허겁지겁 미음을 먹었다.

처음에는 수저를 사용했지만 나중에는 그릇째 벌컥벌컥 마셨다. 미음은 마치 꿀이라도 바른 것처럼 달았다.

노인은 그런 그를 연민의 눈으로 바라보았다.

"어린 것이 무슨 연고로 이리 딱하게 되었는지. 더 먹고 가 거라."

"정말 그래도 될까요?"

"어려운 사람끼리 돕고 살아야지. 암."

제갈총운은 사양하지 않고 미음을 두 그릇이나 비웠다. 남은 것을 혀로 핥는 것도 잊지 않았다.

"어르신 감사합니다. 은혜는 잊지 않겠습니다."

"오히려 내가 고맙지. 네가 없었으면 다 타버렸을 거야. 정배가 고프면 나중에 찾아오너라."

총운은 다시 한 번 감사인사를 하고 집을 나왔다.

속이 든든하게 차니 동시에 자신감도 솟았다.

그는 집집마다 빈민가를 돌며 자신이 할 일을 찾았다.

＊　　　＊　　　＊

그날 저녁.

하늘에는 날카로운 초승달이 걸렸다. 쌀쌀한 봄바람이 적삼을 훑고 지나갔다. 하지만 제갈총운의 얼굴은 그 어느 때보다도 밝았다.

빈민가를 나오는 그의 주머니는 제법 두둑했다.

우는 아이에게 동화를 들려주고 감자 두 알을 얻었다.

봄 농사에 쓰일 새끼를 꼬아 누룽지를 얻었다.

반나절 만에 이룬 성과 치고는 상당한 것이었다. 야산으로 향하는 발걸음도 경쾌하기 그지없었다.

보금자리에 도착한 제갈총운은 감자를 우걱우걱 삼켰다. 달았다. 그동안 먹어본 그 어떤 음식보다도 맛있었다.

"참 의외야. 그 가난한 빈민가에서 먹을 걸 구하게 되다니."

그는 피식 웃으며 달을 바라봤다.

세상은 있는 놈이 더하다는 말이 새삼 피부로 느껴졌다.

"그래도 계속 거기에 있을 순 없어. 가난한 사람들한테 빌어먹는 것도 좀 미안하고."

제갈총운은 남은 감자를 먹어 치우며 빙긋이 웃었다.

빈속이 채워지니 이런저런 생각들이 한 번에 밀려들었다.

거지생활 삼 일 동안 얻은 정보들을 정리하고 분석하였다.

어느새 두 눈에는 잃어버렸던 총기가 돌고 있었다.

"그럼 내일부터는 부자를 털어보자."

제갈총운의 얼굴에 환한 미소가 걸렸다.

*　　　*　　　*

새 아침이 밝았다.

제갈총운은 어제 얻었던 누룽지를 먹고 있었다. 비록 한주 먹 정도 되는 양이었지만 꼭꼭 씹고 물을 삼키니 포만감이 들었다.

배를 쥐어짜는 허기와 속 쓰림도 모두 물러갔다.

덕분에 그의 눈은 총기로 빛났다. 영민한 머리에는 갖가지 묘수들이 떠오르고 있었다.

끼니가 해결되니 더 이상 두려운 것이 없었다. 무엇하면 다시 빈민가에서 일을 돕고 먹을 걸 챙기면 되는 일이었다.

제갈총운은 당당한 걸음으로 하산했다.

시장에 들어선 그는 부자들을 관찰했다. 어제 각오한 것처럼 이번에는 부자들의 주머니를 열어볼 생각이었다.

그는 제갈가에서는 많은 내빈을 응대했었다. 그래서 부자와 일반인을 구별하는 감식안이 제법 발달한 편이었다.

부자를 판별하는 가장 좋은 방법은 장신구를 살피는 것이었다.

보통 상식과 달리 부자들은 수수한 옷차림을 즐긴다.

재산이 많은 것을 드러냈다간 도적들이나 불한당에게 위협을 당할 수도 있기 때문이다.

그래서 그들은 보통 장신구를 통해 멋을 낸다.

여자들의 경우 머리핀의 한 종류인 채(釵)와 잠(簪)을 즐겨 사용했다. 반면 남자들은 청동이나 은으로 만들어진 허리띠를 선호했다.

'만만치 않겠어.'

제갈총운은 미간을 찌푸렸다.

어제도 느낀 것이지만 있는 놈이 더하는 말은 과연 거짓이 아니었다.

반 시진 가량 살핀 부자의 숫자는 열.

거지에게 적선한 부자는 아무도 없었다. 게다가 그들은 거지들에게 시선을 주는 것조차 아깝게 생각하는 듯했다.

일부는 거지들이 있을 법한 자리를 피해 길을 돌기도 했다.

빈민가의 사람들은 가진 것이 없어도 먹을 것을 챙겨주었다. 반면 부자들은 그 많은 재산을 가졌음에도 인색하기 그지없었다.

제갈총운은 시장 구석에 서서 턱을 괴었다.

아무래도 부자들의 주머니를 열 방법은 없어 보였다. 하지만 부정적인 생각이 들수록 호기는 오히려 커졌다.

'게다가 아직 못 갚은 빚도 있잖아.'

제갈총운은 시퍼렇게 멍든 눈을 만졌다.

어제 부잣집에서 구걸을 하다 문지기에게 맞은 상처였다. 그때를 생각하면 지금도 분통이 터졌다.

그는 독기를 품고 고민에 고민을 거듭했다. 부자를 털어먹기 전까지는 기필코 자리를 뜨지 않으리라.

시간은 흘러 흘러 정오가 되었다.

태양은 하늘 꼭대기에 걸렸고 그 곁을 조각구름이 헤엄치고 있었다. 점심시간이라서 그런지 객점과 음식점도 붐비기 시작했다.

'이거라면 가능할지도.'

제갈총운에 눈에 한 모자(母子)가 눈에 띠었다.

어머니는 다소 깍쟁이 같은 인상에 젊은 부인이었고, 아이는 이제 다섯 살 정도로 보이는 남아였다.

제갈총운은 생각했다.

부자라고 해서 꼭 어른을 노릴 필요는 없다고 말이다. 동냥을 받을 만한 것이 있다면 노소를 가릴 이유가 없었다.

총운은 조용히 모자의 뒤를 따랐다.

이윽고 어머니가 옷가게에 들어갔고 아이는 가게 앞에 놓인 옷으로 장난을 쳤다.

드디어 때가 온 것이다.

제갈총운은 슬쩍 아이에게 접근했다.

아이는 총운의 냄새를 맡고 얼굴을 찌푸렸다.

"저리 가. 거지."

"형이 배가 고파서 그런데 먹을 것 좀 주면 안 될까?"

"안 돼. 엄마가 거지들한테 뭐 주지 말라고 했어."

아이는 딱 잘라 말하곤 다시 옷을 만지작거렸다.

단칼에 거절하는 바람에 오히려 총운이 당황했다. 아이의 순수함에 기대를 걸었건만 예상은 보기 좋게 빗나갔다.

'시간이 없어. 뭔가 수를 찾아야 해.'

총운은 가게 안을 슬쩍 살폈다.

아이의 어머니는 맘에 드는 옷을 찾았는지 점원과 흥정을 하고 있었다. 그녀가 합류한다면 쫓겨날 것은 불 보듯 뻔했다.

고민하던 제갈총운은 작전을 선회했다.

"난 다 알아. 너 아직 이불에 오줌 싸지?"

그 한 마디에 아이의 움직임이 한순간 멈췄다.

약점을 제대로 건드린 것이다. 제갈총운의 얼굴에 희미한 미소가 어렸다.

"다섯 살인데. 아직도 오줌싸개야? 큰일 났네."

"아니야. 설총이는 오줌싸개 아니야."

"거짓말. 내가 다 봤는데? 너 혼나는 것도 봤고. 마당에 이불 널고 있는 것까지 다 봤어."

"아니라니까!"

"설총이가 하북 제일의 오줌싸개라고 소문내고 다녀야겠다. 그래도 괜찮지? 설총이는 오줌 안 쌌잖아."

"잠깐만, 형아."

돌아서는 제갈총운을 아이가 잡았다.

아이의 표정에는 제법 절실함이 어려 있었다. 작전이 제대로 먹힌 것이다.

"소문내지 마. 엄마하고도 약속했어. 앞으로 오줌 안 싸겠다고."

"맨입으로?"

"그럼 어떡해? 형 줄 건 없는데."

"거기 전대에 든 건 뭔데?"

"안 돼. 이건 우리 할아버지한테 받은 용돈이야."

"주기 싫으면 말든가. 나는 소문이나 내러 가야겠다."

돌아서는 제갈총운을 아이가 다시 잡았다. 아이는 울먹이는 모습으로 엽전 다섯 냥을 건넸다.

생각보다 많은 액수에 총운은 입을 쩌억 벌렸다.

이 정도라면 일주일 동안은 끼니 걱정을 하지 않아도 되리라.

"그래. 설총이가 아니라고 하니까. 나도 입 다물고 있을게."

"꼭 약속하는 거지?"

"좋아. 약속이다."

두 사람은 새끼손가락을 걸고 계약을 체결했다.

제갈총운은 옷가게를 벗어나 시장 외진 곳으로 신나게 달렸다. 소기의 목표를 이루고 나니 하늘이라도 날아갈 듯했다.

부자에게 빌어먹는 것은 스스로도 무리라고 여겼다. 하나 작은 꾀를 이용해 가까스로 출구를 열었다. 경전을 깨쳤을 때보다 더한 쾌감이 몸을 휘감았다.

"그 아이 부모가 산 옷이 은자 몇 냥쯤 할 테니까. 이 정도는 문제없겠지?"

코 묻은 아이의 돈을 강탈했다는 데 조금 죄책감이 들었다. 하지만 제갈총운은 이를 곧 훨훨 털어버렸다.

그는 해가 질 무렵까지 같은 수법을 세 번 써먹었다.

안타깝게도 이후에는 그리 결과가 좋지 않았다. 부모에게 붙잡혀 혼쭐이 나기도 했으며, 고작 청매당 세 개를 챙기기도 했다.

"그래도 오늘은 이거면 충분하지."

제갈총운은 주머니에 고이 감춰둔 엽전을 만졌다. 엽전 짤랑거리는 소리가 유난히 경쾌했다. 그의 발걸음은 거침없이 용포객잔으로 향했다.

그곳에는 아직 해결하지 못한 매듭이 남아 있었다.

"뭐야? 저 자식 아직도 정신을 못 차렸나?"

"형님. 이번엔 제가 혼쭐을 내주겠습니다."

걸화자 패거리가 총운에게 다가왔다. 하지만 총운은 이들을 무시하고 당당하게 객잔 안으로 들어갔다.

그 의연한 모습에 거지 무리는 혀를 찼다.

"저 자식이 미쳐도 단단히 미쳤나보네."

그들은 곧 얻어터져 나올 총운을 기다렸다.

허기를 못 참고 객잔의 음식을 훔쳐 먹는 거지가 종종 있었다.

무리들은 제갈총운 역시 같은 행동을 하리라 예상했다. 하지만 놀랍게도 총운은 오향장육과 황주를 손에 들고 나왔다.

"저번에는 제가 죄송했어요. 같이하실래요?"

제갈총운은 걸화자에게 음식을 내밀었다.

걸화자를 비롯한 주변의 거지들이 모두 경악했다.

*   *   *

그날 저녁.

걸화자 패거리와 제갈총운은 저녁을 함께했다.

간장 양념이 밴 얇은 돼지고기는 입에서 살살 녹았다. 황주가 돌아가면서 거지들의 얼굴도 붉게 물들었다.

식사를 끝낸 그들은 모닥불을 피우고 주변에 둘러앉았다.

제갈총운은 거지들의 이야기를 찬찬히 듣고 있었다. 술을 한 모금해서 그런지 머리가 조금 핑 돌기도 했다.

'그래도 다행이다. 이제 나도 거지로 인정받을 수 있어.'

돈을 모두 털어서 걸화자에게 간 것은 포석의 수였다. 현재 그의 주 동냥원은 빈민가와 부자 아이들의 코 묻은 돈과 음식을 얻는 것이었다.

단기적으로는 유용할지 몰라도 이것으로 두 달을 버티는 데는 한계가 있었다. 그래서 택한 것이 바로 거지들 무리에 들어가는 것이었다.

걸화자의 항렬이 높은 듯하니 잘 보이면 큰 도움을 얻을 수 있으리라.

식사를 하면서 그간의 오해는 모두 풀었다.

특히 총운이 돈을 마련한 방법을 듣고 거지들은 묘지가 떠나가라 웃었다.

"나이도 어리고 거지 생활도 처음이니 충분히 그럴 수 있지. 네가 하도 당돌하게 굴기에 우리도 조금 무리를 했다. 그때의 일은 미안하다."

걸화자는 황주를 들이키며 감정을 드러냈다.

"그래도 열 살부터 거지 생활이라니 일러. 아직 새파란 나이인데."

"도둑질 안 하고 관가에 안 잡혀간 것도 용허지."

옆에 앉았던 거지들이 껄껄 거리며 웃었다.

"이제 거지 생활을 하는데 필요한 것들을 말해주마. 진작 이런 게 듣고 싶었던 게지?"

걸화자가 제갈총운을 보며 피식 웃었다. 마치 그의 마음을 꿰뚫어 보기라도 한 것처럼.

"형님 말씀 잘 들어라잉. 다 뼈가 되고 살이 되는 말이다."

걸화자의 오른팔 진걸이 총운의 어깨를 두들겼다.

걸화자가 가르친 거지의 원칙은 단순했다. 그것은 한마디로 선을 긋는 것이었다.

먹어야 할 것과 먹지 말아야 할 것.

동냥을 해야 할 곳과 하지 말아야 할 곳.

잠을 자야 할 곳과 자지 말아야 할 곳.

피해야 하는 사람과 반드시 인연을 맺어야 하는 사람.

이를 눈치껏 잘 살피고 항상 본분에 맞게 따라야 했다.

걸화자는 우선 동냥의 원칙에 대해 설명을 말을 꺼냈다.

"동냥을 할 때는 절대 사람을 붙잡고 늘어지면 안 돼. 귀찮게 굴면 그 사람은 필시 거지를 싫어하게 되지. 그러면 다른 거지에게 적선할 확률도 줄어들어."

"행인을 대할 땐 항상 여유와 미소를 잃지 마. 울상인 아이에겐 사탕을 줄지 몰라도 울상인 거지에겐 아무것도 돌아오지 않아."

"만약 동냥을 받았다고 해도 끝이 아니야. 감사 표시와 덕담은 꼭 잊지 말아야 해. 상대도 무언가 받았다는 느낌을 줘야 다음에도 동냥을 받을 수 있지."

"동냥이 시원치 않을 때는 산에서 필요한 걸 채집해야지. 특히 과일이나 버섯, 나물 등은 거지에겐 주요 수집원이야."

결화자는 독버섯과 식용버섯을 구분하는 법, 또한 시장에서 팔면 비싸게 받을 수 있는 약초 등을 알려주었다.

결화자의 주옥같은 말은 이후로도 계속 쏟아졌다.

모두 오랜 거지 생활 끝에 깨달은 것들이었다. 삶에서 우러나는 주옥같은 말들은 총운의 가슴을 두들기기에 충분했다.

그는 이를 하나도 놓치지 않으려고 정신을 집중했다.

결화자의 거지론이 끝난 것은 달이 높이 걸린 자정쯤이었다. 다른 거지들이 꾸벅꾸벅 졸았던 것과 달리 총운의 눈동자는 여전히 별처럼 빛났다.

"오랜만에 주절거렸더니 입이 아프군."

결화자는 남은 황주를 모두 들이키며 총운을 응시했다.

"마지막으로 한 가지만 더 말해주마. 거지에게 가장 중요한 것은 무엇보다 인맥이다. 거지들은 저마다 사연을 가지고 거지가 되었지. 개중에는 목공도 있고 서생도 있고 무인도 있지. 거지의 힘은 각계각층의 다른 사람들이 한데 뭉쳤다는 데 있지."

"걸화자 형님도 평범한 거지 같지는 않아요."

"과거의 껍데기는 중요하지 않아. 지금의 나는 하북에 있는 거지 중 하나일 뿐이지. 그러는 너도 보통은 아닌 것 같은데?"

제갈총운과 걸화자는 서로를 보며 피식 웃었다.

"그러고 보니 아직 밥그릇도 없구나. 옛다, 내 걸 쓰거라."

걸화자는 자신이 쓰던 표주박을 건넸다. 한사코 거절했지만 그는 끝내 총운의 손에 표주박을 쥐어주었다.

"혹시 개방에 들어올 생각은 없느냐? 너같이 총명한 아이라면 분타장까지도 노려볼 수 있을 것 같은데."

"죄송하지만 저는 섬기고 있는 스승이 계세요."

"그거 아쉽게 됐군. 오늘은 여기서 자고 가거라. 야산 중턱에 예전에 파놓은 땅굴이 있는데 앞으론 거기서 자도 좋다."

걸화자는 그렇게 말하곤 거적에 몸을 뉘었다.

총운 역시 근처에 자리를 깔고 잠을 청했다.

따뜻한 모닥불이 타올랐으며 주변에는 코를 고는 동료 거지들이 있었다.

제갈총운은 그간 느꼈던 외로움이 한 번에 쓸려가는 것을 느꼈다.

'이젠 한 걸음이다. 진짜 거지가 되는 것도.'

그는 조용히 눈을 감았다.

*　　　　*　　　　*

인간의 생애를 생각하면 두 달은 극히 짧은 시간이다. 공예나 목공을 익힌다고 해도 그 안에 제대로 만들 수 있는 건 없었다.

타인과 교제를 한다 해도 그 속에 참 모습을 헤아리기 역시 힘들었다.

하지만 그 기간 동안 충분히 가능한 것들도 있었다. 가령 참다운 계기를 만나 사람이 변한다던가 하는 일들 말이다.

하북에서의 두 달.

제갈총운은 많은 변화를 겪었다.

무엇보다 그는 진짜 거지가 되었다. 다른 거지들에게 배척받고 빈민가에서 동냥을 하던 예전의 모습은 없었다.

총운은 거지들의 막내로 애정을 듬뿍 받았다.

아이답지 않게 굳은 일을 도맡아 하고 윗사람에게 싹싹하니 미워할 수가 없었다.

게다가 그는 하북에 있는 거의 모든 거지의 이름과 신상을 꿰고 있었다. 가령 생일이 언제인지, 한쪽 다리가 불편하다든지 하는 사소한 것도 놓치지 않았다.

덕분에 이를 바탕으로 다른 거지들을 배려하고 챙길 수 있었다.

"그동안 외운 경전이 몇 권인데. 이 정도야 뭐."

제갈총운은 헌책을 얻은 뒤 만난 거지들의 정보를 목록으로 만들었다. 그리고 이를 수시로 보며 머릿속에 집어넣었다.

결과는 물론 대성공이었다.

걸화자에게 배운 것도 모두 써먹었다.

약초를 구해 한약방에 팔기도 했으며 그 나름의 독특한 동냥법도 익혔다.

제갈가에 있을 때 그는 심심풀이로 관상을 공부한 적이 있었다. 성인들의 말이 고리타분하고 뻔해 재미가 없었기 때문이다.

그때 아름아름 봐두었던 관상학은 동냥에 커다란 영향을 미쳤다.

"팔자 주름 끝이 갈라지신 걸보니 자주 일을 옮겨 다니시겠네."

상대를 보고 한 마디 뱉으면 됐다.

그러면 호기심이 동한 행인이 먼저 말을 걸었다. 그가 아이답지 않게 똑 부러지게 말을 이으면 행인은 감탄하며 무릎을 쳤다.

잿밥이 떨어지는 건 당연한 일이었다.

거지 생활이 한 달을 넘었을 무렵엔 더 이상 굶어죽을 걱정이 없었다. 오히려 배를 곯고 있는 다른 거지들과 음식을 나눌 궁리만 하게 되었다.

거지는 자유로운 영혼이었다.

거지는 마음이 따스한 영혼이었다.

거지는 의로운 영혼이었다.

사람들의 발밑을 자처하며 욕심 없이 살아가는 세속의 선인들이었다.

제갈총운은 가문을 떠나 거지가 된 자신을 자랑스럽게 여겼다.

태산에서 스승님을 만나지 않았다면 아직도 허례허식에 허덕이고 있었을 것이다. 피부로 와 닿는 삶의 진정성 또한 절대로 맛보지 못했으리라.

비록 옷차림이 남루하고 가진 것이 없었지만 제갈총운은 그보다 값진 것들을 경험하고 몸에 익혔다.

거지가 세상에 제일가는 부자라는 스승의 말은 역시 허언이 아니었다.

"벌써 오늘인가?"

제갈총운은 산 중턱에서 마을을 내려다보았다.

앞으로 반 시진 뒤엔 약속장소에서 스승을 맞이해야 했다. 스승은 과연 그를 보고 어떤 표정을 지을까. 이를 생각하는 것만으로도 가슴이 두근거렸다.

분명 그는 총운이 제갈가로 도망쳤을 거라 예상했으리라.

"필요한 건 다 챙겼으니 인사만 하면 되겠다."

제갈총운은 산을 내려와 거지의 거점을 돌았다.

우선 개방 거지들의 쉼터인 관제묘를 들렀고, 시장과 상점, 거기에 빈민가까지 들러 작별인사를 했다.

그들은 하나같이 총운과의 이별을 아쉬워했다.

"왜? 갑자기 떠나는 겨?"

"기별도 없이 떠나면 어쩌. 선물도 준비 못했는데."

그들은 제갈총운을 끌어안으며 작별의 아쉬움을 대신했다. 진심 어린 말과 행동에 제갈총운의 눈시울도 어느새 붉어졌다.

그는 마지막으로 용포객잔을 향했다. 객잔 앞에는 언제나와 같이 걸화자 무리들이 있었다.

"형님. 저 오늘 하북을 떠나요. 그간 돌봐주셔서 감사해요."

"그 스승이라는 분이 오는 모양이구나. 그래, 고생 많았다. 너는 어디를 가더라도 잘 할 거라 믿는다."

걸화자가 총운의 어깨를 두들겼다.

이에 제갈총운은 품에 숨겨두었던 헌책을 꺼내 건넸다.

"하북 거지들의 인명록 같은 거예요. 작별 인사 대신으로

드리는 거예요."

책을 훑어본 걸화자는 혀를 찼다.

그 내용은 고작 열 살짜리가 작성했다고 믿기 힘들 정도였다.

첫 장에는 색인과 더불어 하북의 지형이 그려졌다. 이후에는 거지들의 무리와 인물을 성향별로 나누었고 특징들까지 세세히 풀어갔다.

"총운아. 인연이 된다면 다시 보고 싶구나."

"여유가 되면 꼭 놀러 올게요."

제갈총운은 인사를 하고 돌아섰다.

하북을 떠난다고 하니 주변의 풍경이 새삼 눈에 밟혔다. 행인들과 거리에 늘어선 상점들도 모두 내 몸과 같았다.

스승이 사라지고 처음 이 땅을 밟았을 때의 막막함이 아직 생생했다. 아무런 연고도 없는데다가 거지꼴을 한 총운이었다.

열 살의 소년이 살아남기엔 턱없이 거친 야생의 전쟁터였다. 하지만 결국 제갈총운은 이를 견뎌냈고 멋진 거지로 거듭났다.

"오호. 용케 죽지 않고 살아 있구나?"

누군가가 어깨를 두들겨 돌아보았다.

등 뒤에는 누런 이를 드러낸 개걸취가 있었다. 한잔 술을 걸쳤는지 말할 때마다 술 냄새가 진동했다.

"벌써부터 술을 드시면 어떻게 해요? 제가 사온 술도 있는데."

총운은 피식 웃으며 황주와 미리 준비한 전을 내밀었다. 뜻밖의 귀한 음식에 개걸취의 눈이 동그래졌다.

"이게 다 어디서 났느냐? 혹시 훔친 것은 아니냐?"

"장평객점 점소이에게 글을 모르는 딸이 있어요. 그 아이에게 글을 알려주고 얻은 겁니다."

"정말이냐? 어쨌건 잘 먹으마."

개걸취는 전을 한입에 털어 넣고 황주도 빼앗아 들이켰다. 스승의 놀라운 식성에 총운은 혀를 차고 말았다.

"그래, 두 달 동안 배운 것이 무엇이냐?"

스승은 꺼억 트름을 하며 제갈총운을 응시했다. 질문이 있을 거라는 것은 이미 예상하고 있었다.

총운은 눈을 빛내며 입을 열었다.

"눈과 귀가 열렸습니다. 그리고 사람도 얻었습니다."

"뭐시라? 이런 못돼 처먹은 거지를 봤나?"

스승은 미간을 찌푸리며 호통을 쳤다. 의외의 반응에 제갈총운의 눈이 놀란 토끼처럼 동그래졌다. 무언가 잘못한 것이라도 있단 말인가.

"두 달 만에 그런 진귀한 것들을 얻다니. 이놈, 거지가 아니라 날 강도구나."

환하게 웃는 개걸취를 보며 총운도 마음을 놓았다. 스승은 빙 둘러 자신을 칭찬하고 있었다. 그 뜻이 전해지자 다시 한 번 쾌감이 전신을 휘감았다.

"그럼 이제 딱 한 가지만 더 배우면 되겠구나."

"그게 뭐죠?"

"무엇일 것 같으냐?"

개걸취는 오히려 그에게 물었다.

제갈총운은 머리를 쥐어짰지만 대답을 찾을 수 없었다.

"훌륭한 거지가 가져야 할 것 덕목 중 하나가 바로 의(義) 다. 의롭지 못한 거지는 그저 식충에 불과하지. 이제부터 너 에게 가르칠 것은 의를 지킬 수 있는 무기다."

"무기를 만들지 않고 가르치나요?"

"예끼! 영특한 놈이 왜 말귀를 못 알아듣느냐?"

개걸취는 총운의 머리를 쥐어박은 뒤 환하게 웃었다.

"무공을 가르쳐 주겠다. 이 말이다. 진짜 고생은 지금부터 니 각오 단단히 하도록 해라."

개걸취가 비틀거리며 앞장섰다. 흐느적흐느적 걷던 그는 어느새 하북의 총문을 넘어섰다. 고작 총운이 눈을 몇 번 깜빡인 사이에 말이다.

'그냥 걷는 게 아니라 신법이었구나.'

그간 스승을 따라잡는 게 힘들었던 이유를 깨달을 수 있었다.

제갈총운은 종종걸음으로 스승의 뒤를 뒤따랐다.

봄기운이 만연한 하북에 어느 날이었다.

第四章

무공수련

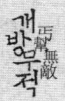

산서성 면산은 계곡이 깊으며 협곡과 기이한 바위들이 곳
곳에 늘어섰다. 포장되지 않은 길은 험준했으며 한 발이라도
잘못 딛는다면 천 길 낭떠러지에 목숨을 내줘야 했다.

허벅지살을 베어 왕에게 고기를 먹였다는 충신 개자추의
정기가 흐르는 곳이기도 했다.

개결취와 총운은 면산을 오르고 있었다.

그들은 사람들의 출입이 잦은 운봉사를 피해 산 깊숙한 곳
으로 들어갔다.

"이쯤이면 될 것 같구나."

앞서가던 개걸취가 걸음을 멈췄다.

두 사람이 선 곳은 산 아래 절경이 훤히 드러난 공터였다.

제갈총운은 이마에 땀을 닦으면서도 비경에서 쉽사리 눈을 떼지 못했다.

하늘에 떠도는 구름은 마치 선인들의 수염과도 같았다. 경사가 가파른 절벽은 조각품이었으며 높이 치솟은 봉우리에선 알 수 없는 기개가 느껴졌다.

이를 보고 있는 것만으로도 선인이 된 것 같았다.

"수업 전에 한 가지만 물어봐도 될까요? 어떤 무공을 배우게 되나요?"

"내가 거지니까 당연히 거지무공이 아니냐?"

"그럼 스승님은 개방의 인물인가요?"

제갈총운은 품어두었던 질문을 꺼냈다.

스승의 행동을 보면 아무래도 개방의 인물임이 분명했다. 문제는 그에게서 개방의 표식을 전혀 찾을 수 없다는 데 있었다.

더군다나 걸화자에겐 스승의 이름을 물어도 모른다는 답변밖에 듣지 못했다.

개방의 방도가 한둘이 아니니 모를 수 있기도 하지만 말이다.

"개방이라… 그리운 이름이군."

개걸취는 잡초 같은 수염을 쓸어내렸다.

"개방과 전혀 관계가 없다고는 할 수 없지. 그래서 네게 가르칠 무공도 개방의 무공이다."

"그럼 저는 지금부터 뭐하면 되죠?"

"우선 한 대 맞고 시작하자."

개걸취가 음흉한 미소를 지으며 다가왔다.

그의 손에는 어느새 반짝이는 타구봉이 들려 있었다.

제갈총운은 꺼림칙함을 느끼면서도 쉬이 몸을 피하지 못했다.

'아닐 거야. 개를 잡았던 타구봉으로 설마 나를……'

총운은 중얼거림을 끝내 다하지 못했다. 설마 했던 일이 실제로 벌어졌기 때문이다.

퍽퍽퍽퍽!

타구봉은 복날의 개를 잡듯이 몸을 두들겼다. 그 냉혹한 손길은 머리부터 발끝까지 닿지 않는 곳이 없었다.

제갈총운은 어느새 바닥에 누워 몸을 말았다.

맞는 면적을 줄이기 위함이었다. 하지만 스승은 발로 그를 굴리며 찜질을 계속했다.

총운의 신음이 공터를 울림에도 손속은 끝나지 않았다.

총운은 맞으면서도 스승을 곁눈질했다.

스승은 누런 이를 드러내며 웃고 있었다. 신이 났는지 봉질도 점차 강도가 높아졌다.

'이게 무공 수련이라고? 미친!'

제갈총운은 하마터면 욕지거리를 뱉을 뻔했다.

세상에 어떤 스승이 제자에게 몽둥이 찜질을 한단 말인가. 그것도 가르침이라는 명목을 내세워서 말이다.

"나도 늙었나보구나. 이 정도에 힘이 빠지다니."

개걸취는 손속을 멈추고 황주를 들이켰다.

총운은 미간을 찌푸리며 간신히 몸을 일으켰다. 목이며 허리까지 결리지 않는 곳이 없었다.

이래선 꼼짝없이 하루 종일 운신이 힘들 듯했다.

"어떠냐? 몸은 좀 가뿐하냐?"

"가뿐하다니요. 그렇게 맞았는데. 어?"

총운은 기겁하며 몸 이곳저곳을 만져 보았다. 알 수 없는 기운이 맥을 타고 흘렀다. 더군다나 팔다리도 묘하게 가벼웠다.

방금 전까지의 통증 역시 온데간데없었다.

"타통이라고 하는 것이다. 본래 무림인은 내공으로 직접 혈맥을 뚫지만 나 정도 되면 두들겨 패는 것만으로도 충분하지."

개걸취는 총운을 보며 껄껄 웃었다.

"그리고 두들겨 패는 쪽이 타통이라는 의미에 좀 더 가깝지 않겠느냐?"

"그런 뜻이 있는 줄은 몰랐네요."

"솔직히 말해라. 너 나한테 욕했지?"

"조금요."

제갈총운은 엄지와 검지로 그 미묘함을 나타냈다. 이에 개걸취가 다시 한 번 웃음을 터뜨렸다.

"그런데 어쩌냐? 이게 끝이 아니다. 앞으로 일주일간은 그렇게 맞아야 돼."

스승의 한 마디에 미소가 싹 가셨다. 총운은 부르르 떨며 몸을 끌어안았다. 맥이 뚫리는 건 좋았지만 타구봉에 맞았을 때의 감각만큼은 떠올리고 싶지 않았다.

"앞으로는 오전과 오후로 나누어 수련을 할 것이다. 오전에는 내공심법을, 오후에는 외공과 더불어 절기들을 알려주마."

개걸취는 술병을 들이킨 뒤 말을 이었다.

"개방의 심법 중 으뜸은 혼원귀일신공(混元歸一神功)이다. 만류귀종(萬流歸宗)의 묘미가 담긴 만큼 그 심오함은 그 어떤 심법에도 뒤지지 않는다. 우선 운기조식하는 법부터 알려주마."

스승의 강론은 계속되었다.

호흡을 통해 내기를 생성하고, 그 흐름을 조절하는 법을 알려주었다. 특히 단전에서부터 기경팔맥과 십이경맥까지 터 줄 때는 자신의 진기로 총운을 이끌기도 했다.

'신기하다. 내가 이런 것도 할 수 있단 말이야?'

제갈총운은 몸에서 꿈틀거리는 내공을 느끼며 소리를 지를 뻔했다. 한줌의 호흡에서 진기를 뽑아내고 이를 차곡차곡 단전에 쌓는다.

단전에 쌓인 진기는 다시 혈맥을 돌며 기의 흐름을 원활하게 했다.

타구봉으로 어느 정도 타통이 됐던 만큼 그 속도는 구대문 파의 수제자에 버금갔다.

총운은 무아지경으로 운기를 계속했다.

허기를 느껴 눈을 뜨니 나절이 바뀌어 있었다. 하늘에 걸렸던 태양은 달로 변했고 밤기운이 담긴 찬바람이 몸을 휘감았다.

'내가 입마에 들까 봐 걱정하신 건가?'

스승은 여전히 그의 등에 손을 얹은 채였다.

하나 훈훈한 정을 채 느끼기도 전에 코 고는 소리가 들려왔다. 슬쩍 돌아보니 개걸취는 고개를 숙인 채 잠을 자고 있었다.

"그러면 그렇지. 스승님 일어나세요."

총운은 개걸취를 흔들어 깨웠다. 이에 개걸취가 부스스한 얼굴로 볼을 긁었다.

"뭐냐? 걸식조를 먹는 꿈을 꾸고 있었는데."

"이 산중에 걸식조가 어디 있어요? 제가 운봉사에서 구걸하고 올 테니까. 조금만 기다리세요."

"야밤에 중놈들한테 먹을 걸 얻어온다고?"

"하북에 있을 때 절간에서도 동냥을 해봤어요. 생각보다 훨씬 쉬워요. 금방 갔다 올게요."

제갈총운은 밥통인 표주박을 챙기고 공터를 벗어났다. 어둡고 거친 산길을 내려감에도 발걸음은 빠르고 경쾌했다.

하단전에 꿈틀거리는 내기를 느낄 때마다 몸을 주체할 수가 없었던 탓이다.

"야호! 나도 이제 무림인이다."

환호성과 함께 면산의 밤은 깊어만 갔다.

*   *   *

다음 날.

제갈총운의 아침은 상쾌한 몽둥이찜질로 시작되었다. 타구봉은 어제와 같이 무자비하게 전신을 두들겼다. 맞을 때는 죽을 것 같았지만 일각만 지나면 마사지를 받은 것처럼 전신이 시원했다.

'대단해. 어제보다 더 많이 뚫렸어.'

제갈총운은 혈맥에 흐르는 진기의 양이 늘었음을 깨달았다.

무공에 관한 지식은 짧았지만 한 가지만큼은 분명히 알 수 있었다. 지금 그의 성장속도는 범인들이 절대 꿈꾸지 못할 정도로 빠르다는 걸.

이후 총운은 미시까지 내공을 연마했다. 만약 스승이 기별을 주지 않았다면 또 날을 샐 뻔했다.

두 사람은 어제 남은 누룽지와 찐 옥수수를 먹으며 휴식을 가졌다.

"제법 잘 따라오는 구나. 제갈가의 자식이라서 그런지 머리가 돌은 아니야."

"그럼요. 전 다섯 살 때부터 신동 소리를 들었다구요."

제갈총운이 당당하게 가슴을 폈다.

치기 어린 모습에 개걸취가 미소를 지었다. 총명하다고는 하나 총운은 고작 열 살이었다. 아직은 뛰어노는 게 좋고, 또래와 어울리는 게 즐거울 나이다.

'이 녀석은 자질이 있다.'

그는 애정이 담긴 눈으로 제자를 응시했다. 제자는 작은 입으로 열심히 옥수수를 뜯고 있었다.

처음 봤을 때만 해도 총운을 제자로 삼을 마음은 없었다.

그는 제갈가의 자식이었으며 또한 사리판단을 하기에도 어렸다.

총명하다고는 하지만 그것은 어디까지나 지식의 경지였다. 삶을 관통하는 지혜는 이와는 또 차원이 달랐다.

고관대작을 맡은 이들이 한심하고 탐욕스러운 것도 다 지식의 틀에 붙들렸기 때문이다.

삼배를 받고 하북에 데려왔을 때도 그를 내칠 생각만 가득했다. 고심 끝에 내놓은 방안이 바로 하북에서 두 달간 생존하라는 것이었다.

개걸취는 자신했다.

고기반찬과 따뜻한 잠자리에 익숙한 꼬맹이가, 그것도 홀몸으로 거지생활을 버틸 리가 없다고. 하지만 총운은 예상을 뒤엎고 놀라운 적응력을 보였다.

그는 자신을 배척을 하던 거지를 한편으로 만들고 생존기술등을 익혔다. 거지에게 꼭 필요한 의리와 정까지도 체득했다.

개걸취는 뒤늦게 깨달았다.

늘그막하게 기연을 얻은 것은 총운이 아니라 바로 자신이라는 것을. 하늘은 그가 목숨이 끊어지기 전에 무림의 대들보가 될 아이를 점지했다.

새로운 시대에 걸맞은 새로운 피를.

이 아이를 올바르게 가르치는 것이 바로 개걸취의 천명이었다.

"왜 그렇게 쳐다보세요? 더 드실래요?"

그의 시선을 느꼈는지 총운이 옥수수를 내밀었다.

개걸취는 피식 웃으며 총운의 머리를 쓸어주었다.

"너 다 먹어라. 빨리 먹고 키 커야지."

"걱정 마세요. 아버지랑 할아버지도 다 키가 커요."

"그러냐? 그럼 이제 쉬는 건 여기까지다."

개걸취는 몸을 일으킨 뒤 제갈총운을 마주보았다.

"이제부터 제대로 된 무공을 가르쳐 주마."

포근한 봄바람이 머리를 쓸었다.

햇살은 따사롭게 내리쬐며 나비 한 마리가 꽃에 붙어 날개를 펄럭였다.

제갈총운과 개걸취는 공터 중앙에 서서 서로를 마주보았다.

"아무리 물이 거세다 해도 물길이 좁으면 허사지. 지금부터 내공으로 펼칠 수 있는 무공을 알려주마."

"네."

제갈총운이 씩씩하게 대답했다.

그는 진작부터 스승의 말을 기다리고 있었다. 어떤 무공들을 배울까 상상을 하며 밤을 지새웠다.

"사람들은 보통 개방의 무공을 평가절하하지. 그 이유는 한마디로 멋이 없어서다. 술에 취한 듯 비틀거리는 취팔선보, 보검 대신 타구봉으로 펼치는 타구봉법 등이 그 예다."

개걸취는 코를 파던 도중 갑자기 땅바닥에 엎드렸다. 그 꼴 사나운 모습에 총운마저 웃음을 터뜨렸다.

"이건 무림인들이 죽기보다 싫어한다는 나려타곤(懶驢打滾)의 수법이지. 어때 보기 좋으냐?"

"솔직히 별로인거 같아요."

"하지만 중요한 건 멋이 아니라 쓰임의 문제다. 개똥이라도 약이라면 써야 하는 것이지."

개걸취는 툭툭 옷을 털며 일어났다.

"개방의 무공 중 버릴 것은 없다. 그런고로 너에게 내가 아는 모든 것을 전수해 주마."

스승은 수공부터 신법까지 몇 가지 절후한 내공을 추려서 알려주었다.

장법 중에서는 옥룡팔장과 파옥신장을.

신법 중에서는 취팔선보와 만리추풍신법을.

권법에는 백결신권과 지법으로는 쇄심지 등을 말이다.

개중에는 장로들 이상만 익힐 수 있다는 타구십팔초와 타구봉삼절초도 포함되었다. 물론 총운이 이를 알리는 없었지만.

개걸취는 무공에 내재된 이치를 설명하고 한 동작 한 동작을 선보였다. 우선은 초식을 몸에 익히고 이후 여기에 내공을 실어야 했다.

제갈총운은 고사리 같은 팔다리로 열심히 스승을 따라했다.

'이거 재미있는데.'

그는 이마에 맺힌 땀도 닦지 않고 수련을 거듭했다.

본디 제갈가에 있을 때는 몸을 움직일 일이 거의 없었다. 항상 엉덩이를 붙이고 책을 넘기는 게 일과였다. 가뭄에 콩 나듯 가끔 넷째누나와 저잣거리를 걷기는 했었다.

제갈총운은 처음으로 무공의 맛을 보고 있었다.

육체를 단련하면서 얻는 즐거움이 어떤 것인지를. 덕분에 내공을 익힐 때처럼 시간이 바람처럼 지나갔다.

취팔선보의 첫 동작을 마무리 지었을 땐 벌써 날이 저물었다.

"저 어때요? 처음 치고는 잘하죠?"

제갈총운은 환하게 웃으며 스승을 응시했다.

스승은 바위에 앉아 곰방대를 피고 있었다. 입에서 뿜어진 연기가 구름처럼 하늘로 퍼졌다.

"예끼. 이놈아. 한 달을 굶었는데 냉수 한 모금으로 배가 차겠느냐? 너는 아직 멀었다."

"치이. 칭찬 좀 해주시면 어디 덧나나요?"

제갈총운은 뿌루퉁하게 입술을 내밀었다. 그리고 계곡을 찾아 적삼을 빨았다. 집을 나올 때 입었던 옷이 드디어 물에 닿는 것이다.

적삼을 열심히 비볐지만 악취와 찌든 때는 쉽게 지워지지 않았다. 하지만 거지가 다 된 그에겐 새 옷처럼 깔끔해 보였다.

공터로 돌아온 제갈총운은 모닥불을 피웠다. 타닥타닥 장작이 타면서 온기가 주변으로 퍼졌다.

오늘 저녁은 다름 아닌 대통밥과 산나물이었다.

대통밥은 대나무 속에 쌀을 넣은 뒤 입구를 막고 불에 찌는 것이었다. 다 익으면 죽순을 구운 것 같은 향이 감도는 데 거지들의 별미 중 하나였다.

달밤에 비경까지 반찬으로 삼으니 식사는 더욱 달았다.

"천천히 먹어라. 체하겠다."

"네."

대답을 하면서도 죽통에서 눈을 떼지 못했다.

무공 수련을 해서 그런지 평소에 갑절 이상 식욕이 동했다.

제갈총운은 밥통을 비우고 물끄러미 스승의 것을 응시했다.

"쪼그만 게 벌써 스승에게 눈치를 주는 것이냐?"

"헤헤. 오늘은 배가 너무 고파서요."

"에잇! 더러워서 안 먹는다. 너나 먹어라."

"내일 맛난 거 구걸해 가지고 올게요."

제갈총운은 웃으며 개걸취의 밥까지 싹싹 비웠다.

두 사람은 식사를 한 뒤 거적을 깔고 자리를 만들었다. 하늘에는 별들이 보석처럼 빛났으며 어디선가 흘러드는 부엉이 소리가 적적함을 달랬다.

'안 돼. 벌써 자면.'

제갈총운은 한 손으로는 눈꺼풀을 끌어 올리고 남은 손으로는 허벅지를 꼬집었다. 자고 싶긴 했지만 그보다 더 중요한 일이 있었다.

바로 무공수련이었다.

오늘 배운 무공들은 너무나 재미있었다.

특히 취팔선보의 발동작은 묘한 매력이 있었다. 취한 듯 갈지자로 걸으면서도 그 안에는 무한히 뻗는 이동경로가 있었다.

스승이 종종 펼친 신법도 바로 이것이었다.

개걸취가 코 고는 것을 확인한 제갈총운.

그는 덮고 있던 담요를 슬쩍 치우고 공터를 벗어났다. 그가 향한 곳은 빨래할 때 봐두었던 작은 굴이었다.

안에 들어간 총운은 달빛을 받으며 오늘 배운 무공을 떠올렸다. 평범한 아이라면 열 가지가 넘는 무공초식과 그 구절을 다 외우지는 못했을 것이다.

하나 총운은 달랐다.

그의 머릿속에는 배웠던 모든 것이 차곡차곡 정리되어 있었다. 심지어 함께 익히면 상호작용을 일으킬 것도 나름 분류를 했다.

'나중에 깜짝 놀라게 해드려야지.'

제갈총운은 보름달처럼 환한 미소를 지었다.

개걸취의 소스라칠 모습을 떠올리니 벌써부터 웃음이 터질 듯했다.

총운의 앙증맞은 초식과 함께 달밤은 깊어만 갔다.

*　　　*　　　*

면산에서의 수행은 계속 되었다.

제갈총운은 스승의 가르침에 따라 무공에 정진했다. 오전에는 혼원귀일신공과 함께 내공을 쌓았다. 오후에는 개방의 각종 무공과 절기들을 익혔다.

야밤엔 스승 몰래 수련하는 것도 잊지 않았다.

운기조식의 요령이 붙으면 붙을수록 잠에 대한 유혹이 줄었다. 청정한 진기가 혈맥을 돌고나면 몸이 그렇게 가뿐할 수가 없었다.

제갈총운은 일취월장으로 성장했다.

어제와 오늘의 경지가 다를 정도니 스승인 개걸취도 감탄을 금치 못했다. 더불어 그는 스스로 초식의 부족한 부분을 메우기도 했다.

"스승님. 이거 한번 봐주세요."

제갈총운은 내공을 담아 허공에 양손을 뻗었다.

언뜻 보며 대수롭지 않은 광경이었지만 개걸취는 신음을 흘렸다.

총운이 오른팔로는 파옥신장을, 왼팔로는 백결신장을 펼친 것이다.

사실 두 장법은 성질이 전혀 달랐다. 파옥신장은 파괴력에, 백결신장은 속도에 특화되어 있었다.

"파옥신장은 속도가 느리고, 백결신장은 위력이 부족하잖아요. 둘 다 같이 쓰면 좋을 것 같아서요. 우선 백결신장을 펼치고 시간차로 파옥신장을 쓰면 어떨까요?"

"에헴. 괜찮은 생각이구나. 좋을 대로 하거라."

개걸취는 태연한 척 대답했다.

무공이 절륜한 그였지만 총운과 같은 생각을 한 적은 없었다. 둘은 성질이 다르니 쓰임새도 다르다고·이미 선을 그은 상태였다.

제갈총운의 영특함은 이제 스승인 그를 넘볼 경지까지 온 것이다.

'그래. 높이 올라라. 나도 너에겐 넘어야 할 산에 불과하다.'

개걸취는 장법에 열심인 제갈총운을 응시했다.

시간은 계속 흘렀다.

계절과 함께 면산의 풍경도 수없이 바뀌어만 갔다.

하나 무공에 빠진 제갈총운에겐 그 변화를 느낄 여유조차 없었다.

그를 지배하고 있던 건 오로지 무공에 대한 집념뿐이었다.

＊　　　＊　　　＊

다섯 번째로 겨울을 맞던 어느 날.

잿빛 하늘에선 제법 굵직한 눈송이가 내리고 있었다.

냉기를 머금은 바람이 산등성이의 야윈 나뭇가지를 흔들었다.

제갈총운은 내공수련에 한참이었다.

무아지경에 빠진 그는 눈이 오는지 쌓이는지도 알 수 없었다. 그저 한 호흡 한 호흡에 집중해 진기를 끌어 모을 뿐이었다.

문득 머리 위로 투명한 다섯 개의 고리가 떴다. 드디어 오기조원(五氣朝元)의 경지에 오른 것이다.

조화경에 이르자 환골탈태가 서서히 진행됐다. 뼈와 혈맥들은 심법에 최적화되어 갔다. 제갈총운 그저 이 모든 것을 관조하며 살폈다.

"제법이구나. 이제 어디 가서 무림인이라고 행세할 수 있겠어."

"보고 계셨어요?"

제갈총운은 쌓인 눈을 털어내며 몸을 일으켰다. 조화에 들어서니 대지에 내재된 기운이 피부에 스며드는 것 같았다. 새삼 자신의 육체가 낯설게 느껴졌다.

한편 개걸취는 흐뭇한 표정으로 제갈총운을 보고 있었다.

"오늘부터 면산을 떠난다. 이제부터는 나와 강호를 주유하자구나."

"아직 배울 게 남지 않았나요?"

"딱 하나 남았지. 근데 그건 내 밑천이라 쉽게 가르쳐 줄 수 없다."

"그게 뭔데요?"

"너도 이름은 들어봤겠지? 항룡십팔장(亢龍十八掌)이라고 말이다."

개걸취의 말에 제갈총운은 약한 현기증을 느꼈다.

항룡십팔장이라면 개방 최고의 무공이었다. 소림의 천수여래장과 더불어 무림 장법 서열 최고를 다투는 절기였다.

"스승님은 개방의 방주 맞죠? 이제 빼지 말고 말해 주세요."

"허허. 요놈 봐라. 지금 스승의 과거를 들추겠다는 거냐?"

개걸취는 피식 웃으며 황주를 들이켰다.

"내가 방주면 이렇게 너랑 한가하게 노닥거리고 있겠느냐?"

"그럼 예전에는 방주셨던 거죠?"

"부질없는 이야기는 그만두자. 먼저 내려가마."

개걸취의 신형이 바람처럼 움직였다. 그는 어느새 공터를 벗어나 오솔길로 접어들고 있었다.

제갈총운 역시 신법을 펼치며 뒤를 따랐다.

'왜 말씀을 안 해주시는 걸까? 무슨 사연이라도 있으신 건가?'

궁금증은 깊어만 갔다.

第五章　거지 고수의 탄생

　제갈총운은 스승과 함께 중원을 누볐다.

　그들은 면산이 있는 산서성을 거점으로 구대문파가 있는 곳을 차례대로 돌았다.

　여행의 목적을 스승은 한 마디로 딱 잘라 말했다.

　"자고로 거지로 태어났으며 중원 땅은 모두 밟아 봐야지. 안 그러냐?"

　총운은 스승의 뜻을 뒤늦게 깨달았다.

　개걸취는 보여주고 싶었던 것이다. 중원에 사는 갖가지 인간 군상들의 모습을. 그리고 그 속에 담긴 애환들을.

강호를 주유하면서 많은 것을 보고 듣고 배웠다.

노름도 해보았으며 술맛도 깨달았다. 한번은 기루에서 계집질도 해보았다. 그날의 감각을 떠올리면 저도 모르게 얼굴이 화끈거리곤 했다.

"할 수 있는 건 다 해봐야 한다. 매순간 경험하고 느낀 것이 바로 네 그릇을 결정하느니라."

스승은 그렇게 말하며 곰방대를 건넸다.

제갈총운이 처음으로 담배를 배우는 순간이었다. 약초를 빨자마자 기침이 쉴 새 없이 터져 나왔다.

"이런 건 왜 하는 거예요?"

"하다 보면 알 게 된다. 앞으로 일 년 동안은 담배를 피우도록 하여라. 끊는 것은 내년의 일이다."

개걸취는 그렇게 말하고 바위에서 풀쩍 뛰어내렸다. 좀 전과는 달리 표정도 진중해졌다.

총운은 심상치 않은 기색을 느꼈다.

"남는 시간을 헛되이 쓰면 안 되겠지? 오늘부터 항룡십팔장을 익히도록 하자꾸나."

"정말이요?"

"놀라기는. 강해지는 것이 능사가 아니다. 너도 나중에는 깨닫게 될 것이야."

기뻐하는 제갈총운을 보며 개걸취가 쓸쓸한 미소를 보였다.

그는 독주를 들이킨 뒤 설명을 시작했다. 그의 말은 평소보다 빨랐으며 격한 감정이 실려 있었다. 이토록 감정적인 모습의 스승은 처음이었다.

"항룡십팔장의 첫 초식은 항룡유회니라. 그 뜻을 말해 보거라."

"'하늘 끝까지 올라간 용은 내려갈 길밖에 없다' 입니다."

"그래. 수련하면서도 항상 이를 잊지 말거라. 이는 무공뿐 아니라 세상 모든 일에 내재된 진리니라."

개걸취는 술을 한 모금 대고 말을 이었다.

그의 입에서 초식명들이 줄줄이 이어졌다. 거기에 초식에 대한 오묘한 이치까지 곁들여지니 총운으로서는 감탄밖에 할 수 없었다.

"잠깐 비켜 보거라. 항룡십팔장이 어떤 것인지 직접 보여 주마."

개걸취는 총운을 멀리 떼어버리고 내공을 운기했다.

총운으로서는 처음 보는 신기한 광경이었다. 그간 가르침을 줄 때도 스승은 내공을 이용해 무언가를 해본 적이 없었다.

그저 초식을 설명하고 동작만을 보여줬을 뿐이었다.

하지만 오늘만은 달랐다. 항상 도인 같았던 스승에게서 인간적인 면모가 느껴졌다.

그 감정의 중심에는 회환과 자책감이 소용돌이 치고 있었다.

'나조차도 견디기 힘들구나.'

제갈총운은 미간을 찌푸리며 내공을 끌어올렸다.

스승에게서 뿜어지는 진기는 주변의 모든 것을 짓눌러갔다. 초절정의 고수는 상대를 보는 것만으로도 능히 목숨을 앗을 수 있다고 했다.

예전이라면 거짓말이라고 부정했겠지만 지금은 그럴 수 없었다. 무엇보다도 제갈총운이 이를 피부로 느끼고 있었다.

"제일장 항룡유회(亢龍有悔)."

기합과 함께 개걸취의 손바닥이 정면으로 뻗었다. 이에 바로 앞에 놓인 집채만 한 바위가 산산조각 났다. 손이 채 닿지도 않았는데 말이다.

"제이장 비룡제천(飛龍在天)."

개걸취는 땅을 단단하게 디딘 뒤 손바닥을 위에서 아래로 쳐올렸다. 응축된 내기가 터지면서 공터 주변에 용 울음소리가 들린 것도 같았다.

스승은 초식을 멈추지 않았다. 초식은 가면 갈수록 위력을 더했고 이제 공터 주변에는 성한 사물이 없었다.

제갈총운은 처음으로 스승에게 두려움을 느꼈다.

스승은 마치 지상에 내려온 한 마리의 광폭한 용과 같았다.

그를 막기에 총운의 무공은 너무나 보잘 것이 없었다.

총운은 이제 까마득하게 먼 곳에서 스승을 지켜보고 있었다. 까딱했다간 자신마저 목숨을 잃을지 몰랐기 때문이다.

'이젠 진짜 위험해.'

제갈총운은 두려움에 몸을 떨었다.

그는 신법을 펼치며 재빨리 자리를 피했다.

이윽고 쿵 하는 소리와 함께 지면이 울렸다. 그 진동에 제갈총운의 몸이 들썩거리기까지 했다.

'괜찮으시려나?'

총운은 일각정도 지난 뒤 스승에게 향했다.

절기가 펼쳤던 주변은 완전 쑥대밭이 되었다. 땅바닥은 거북이 등처럼 갈라졌으며 늘어선 나무들은 모두 형체를 알아볼 수 없었다.

개걸취는 바닥에 쓰러져 있었다.

진기를 모두 쏟아 체력이 고갈된 것이다. 본래 항룡십팔장은 상황에 맞게 한 초식씩 펼쳐야 했다. 이를 쉬지 않고 처음부터 끝까지 사용했으니 아무리 그라도 탈이 날 수밖에 없었다.

제갈총운은 스승을 두 팔로 끌어안고 보금자리로 향했다.

스승의 눈가에 번진 것이 눈물자국이라는 건 의심할 여지가 없었다.

　　　　*　　　*　　　*

　그날 저녁.

　총운은 마파두부와 누룩주를 사들고 산을 올랐다.

　기력을 잃은 스승의 보양을 위해서였다. 덕분에 기루에 가려고 모았던 돈을 모두 써 버렸다. 짤랑거리던 전대에선 이제 바람 빠진 소리만이 흘렀다.

　'도대체 스승님은 어떤 분이었을까?

　제갈총운은 궁금증을 억누르지 못했다.

　예전부터 궁금하기는 했지만 개걸취가 허허실실 넘기는 바람에 알 수 없었다. 그런데 막상 오늘 일이 터지고 나니 새삼 궁금증이 더해졌다.

　각종 개방무공에 통달하고 항룡십팔장을 단번에 펼치는 기인.

　스승이 아닌 한 인간으로서의 개걸취는 과연 어떤 모습이었을까. 분명 그에게도 지우고 싶은 과거와 회한들이 있을 것이다.

　궁금증이 눈덩이처럼 불어날 무렵 공터에 도착했다.

　개걸취는 이미 훌훌 자리를 털고 일어나 불을 피우고 있었다.

불기운 때문인지, 기력을 되찾았는지 얼굴에 화색이 돌았다.

"손에 든 건 뭐냐?"

"간만에 제자가 한턱 쏩니다."

총운은 바닥에 두부를 펼치고 술병을 내려놓았다.

이에 개걸취의 눈이 하늘의 별처럼 반짝였다. 좀 전까지 맹수처럼 날뛰던 모습은 온데간데없었다.

"예끼. 이놈아. 나 몰래 돈을 꼬불쳐 두었구나."

"스승님도 자주 그러시잖아요. 저번에 상해에선 혼자 팔보채를 드셔놓고."

그가 볼멘소리를 하자 개걸취가 민망한 듯 뒷머리를 긁적였다.

"그러냐? 어쨌건 잘 먹으마."

배가 고팠던지 스승은 게걸스럽게 음식을 해치웠다. 두부를 한 손에 쥐어 구겨 넣었으며 손가락에 묻은 양념을 쪽쪽 빠는 것도 잊지 않았다.

'그만두자.'

제갈총운은 스승의 과거를 물으려다 포기했다.

궁금하기는 했지만 지금 와서 들춰봤자 득 될 것은 없었다. 그가 입을 다무는 데도 필시 이유가 있을 것이다.

과거가 어쨌건 스승은 자신에게 하늘과 같은 존재였다.

총운은 누룩주를 들이키며 산 아래 펼쳐진 마을을 응시했다. 가을이 지나고 겨울로 접어들고 있었다. 집집마다 굴뚝에서 하얀 연기가 뿜어졌다.

"너는 안 먹느냐?"

"더 맛있는 거 먹고 왔어요. 혼자 다 드세요."

총운은 피식 웃으며 술을 한 모금 댔다.

식사가 끝나고 묘한 침묵이 두 사람을 감쌌다. 오로지 장작 타들어가는 소리만이 어색함을 깨뜨릴 뿐이었다.

먼저 말문을 연 것은 개걸취였다.

"놀랐느냐?"

뜬금없는 말이었지만 제갈총운은 바로 이해했다.

낮에 항룡십팔장을 펼치고 눈물을 흘린 것을 말하는 것이리라.

"별로요."

제갈총운은 고개를 저었다.

"너는 모르겠지만 이 늙은이도 꽤나 죄 많은 인간이다. 몇십 년이 지났지만 아직 그 일을 떨쳐내지 못했지. 아니지, 아니야. 아마 죽기 전에도 그날을 잊지 못할 것이야."

개걸취가 한숨을 쉬며 제갈총운을 응시했다.

"궁금하지 않으냐? 내가 예전에는 어떤 인간이었는지? 혹시 마교의 교주라고 하면 어쩔 것이냐?"

"과거 없는 사람이 있겠어요? 그리고 스승님이 말씀하셨잖아요. 거지의 과거는 다 묻어두는 거라고, 과거를 파는 건 오직 구걸할 거리가 없을 때뿐이라고."

"용케도 기억하고 있구나."

개걸취가 누런 이를 드러내며 웃었다.

이토록 환한 미소는 참으로 오랜만에 보는 것이었다. 제갈총운은 장작불보다 스승의 미소에서 더욱 따스함을 느꼈다.

그래. 이거면 된다고. 총운은 생각했다.

인생을 사는데 필요한 것은 무척이나 많았다. 하지만 인생을 사는데 꼭 필요한 것은 그리 많지 않았다.

허기를 달랠 수 있는 음식과 몸을 뉘일 곳.

자연의 비경을 감탄할 줄 아는 여유.

마지막으로 마음이 통하는 진정한 벗. 이것만 갖추고 있으면 세상은 언제나 살만한 법이었다.

"고맙다. 고마워."

개걸취는 누룩주를 들이키며 중얼거렸다.

그 이유가 과거를 묻지 않아서인지, 저녁을 맛있게 먹어서인지를 총운은 알 턱이 없었다. 다만 오늘따라 하늘의 별이 유난히 반짝일 따름이었다.

두 사람은 누가 먼저라 할 것 없이 곯아떨어졌다.

그로부터 팔 년이 지났다.

*　　*　　*

강소성 남경.

하늘이 캄캄했다. 동쪽에서 시꺼먼 먹구름이 몰려오고 있었다. 사나운 바람이 나뭇가지를 흔들어댔다. 음습한 기운이 피부를 찌르기도 했다.

오랜 가뭄 끝에 단비가 내릴 모양이었다. 덕분에 폭염도 한 풀 꺾였다.

개걸취는 야산 중턱에 서서 황주를 들이키고 있었다.

드디어 때가 다가왔다.

인간이라면, 아니, 대지에 발을 디딘 모든 생명체는 무엇 하나 피할 수 없는 순간이 있다.

'결국 천명이 다하는구나.'

개걸취는 쓴웃음을 지었다.

목숨이 다해가는 것은 진작부터 느끼고 있었다. 굳건하던 선천진기는 몇 년 전부터 새나갔다. 또한 빛을 잃은 별자리 역시 명이 다했음을 알려주고 있었다.

물론 죽는 것에 후회는 없었다.

등선을 하지 못하는 이유 역시 스스로가 잘 알았다. 어찌 보면 그 많은 죄를 짓고 지금까지 살아올 수 있었던 것 자체가 기적이었다.

그래도 아쉬움이 전혀 없었던 것은 아니었다.

총운을 제자로 삼은 지난 세월은 즐거웠다. 코 찔찔이 소년은 이제 청년으로 성장했다. 고사리 손으로 펼치던 무공도 바위를 부술 만큼 강해졌다. 기왕이면 좀 더 살아서 제자의 활약을 보고 싶었다.

올해로 스물세 살이 되는 제갈총운은 벌써 조화경의 경지에 올랐다. 당연히 또래에서는 적수가 없었다.

그를 상대하려면 적어도 각 문파의 장로 정도는 되어야 가능할 것이다.

총운이 지금처럼 올곧은 기개를 간직한다면 능히 생사경에 들어 등선할 수도 있으리라.

못난 스승이 닿지 못했던 그곳까지 말이다.

개걸취는 황주를 모두 들이키고 병을 던졌다.

바닥에는 이미 수십 개의 술병이 나둥그라져 있었다. 천명이 다하는 날이라서 그럴까. 내공을 쓰지 않았음에도 취하지 않았다.

"이건 가지고 갈 수 없는 걸까?"

개걸취는 손에 들린 박을 응시했다.

그것은 생일날 총운이 직접 만들어준 표주박이었다. 박 뒷면에는 자신의 이름인 개걸취가 새겨져 있었다.

"스승님. 지금 쓰는 박이 깨졌잖아요. 그래서 제가 새로 만들었
어요."

환하게 웃던 총운의 모습이 아직도 눈에 선했다. 죽더라도
이것만큼은 명부로 가져가고 싶었다. 명부에서도 빌어먹을
밥통은 있어야 하지 않겠는가.
빗줄기가 하나둘 떨어지면서 개걸취의 몸을 적셨다.
그는 우두커니 서서 박을 내려다보았다. 빗물인지 눈물인
지 모를 것이 눈가에서 흘러내리고 있었다.

*　　　*　　　*

"뭐야? 하필이면."
객잔을 나오던 청년이 눈을 찌푸렸다.
청년의 콧대는 우뚝했으며 눈은 구름이라도 떠다닐 것처
럼 맑았다. 이제는 완숙한 청년이 된 제갈총운이었다.
그는 혀를 차며 바깥을 응시했다.
비가 세차게 내리고 있었다. 스승이 있는 야산까지 가려면
온몸이 홀딱 젖을 듯했다. 하지만 그보다 걱정이 되는 것은
방금 막 보자기에 싼 걸식조였다.

걸식조는 닭을 황토에 구운 것으로 거지들이 하나같이 별미라 일컬었다. 오죽하면 스승도 허구한 날 걸식조 타령을 하지 않는가.

"식은 음식을 드리는 건 싫은데."

총운은 닭을 한 번 내려다보고 바깥을 응시했다. 아무래도 금방 그칠 비는 아니라는 판단이 섰다. 이젠 어쩔 수가 없었다.

그는 만리추풍신법을 펼치며 바람처럼 객잔을 벗어났다.

'이거라도 보양이 됐으면.'

제갈총운은 스승을 생각하며 미간을 찌푸렸다.

스승은 최근 몇 년 전부터 급속도로 쇠약해졌다. 정작 본인은 감추려 했지만 절정의 고수가 된 그를 쉽사리 속일 수는 없었다.

스승은 평소에 하지 않던 운기조식을 시작했다.

또한 일주일에 한 번 하던 비무도 피곤하다며 미루기 일쑤였다. 몸 밖으로 뿜어지는 내공을 갈무리하지 못하는 모습도 종종 보였다.

제갈총운은 직감했다. 스승이 살 수 있는 날이 얼마 남지 않았음을. 오늘 걸식조를 준비한 것도 그러한 이유였다.

"그래도, 아직은 아니에요."

그는 혼자 중얼거리며 속도를 높였다.

스승은 야산 중턱에 서서 마을을 굽어보고 있었다. 비가 거세게 내리침에도 굴에 들어가지 않았다.

"뭐하세요? 그러다 감기 걸려요."

"오늘은 비를 맞고 싶구나."

"이상한 소리 하지 마세요. 걸식조를 사왔으니까 같이 먹어요."

"총운아."

스승이 말을 자르고 그를 응시했다. 평소와는 다른 분위기에 불길함이 일었다.

"우리가 비무를 그만둔 지 얼마나 됐더라?"

"한 일 년 정도 된 것 같아요."

"그래? 오랜만에 스승이랑 한번 붙어보자."

"그럼 내일 해요. 지금은 비가 오잖아요."

제갈총운은 스승의 옷자락을 잡고 굴로 이끌려고 했다. 하지만 스승은 힘을 주고 딱 버텼다.

"아니. 나는 오늘 하고 싶다. 비 오는 날에 스승과 제자의 비무라. 이 만큼 멋진 그림은 없을 것 같구나."

개걸취의 눈동자는 바위처럼 굳건했다.

제갈총운은 쉽사리 그의 의지를 꺾을 수 없음을 직감했다.

그는 굴 안에 걸식조를 던져두고 스승과 마주했다.

스승과 비무를 할 생각을 하니 벌써부터 온몸이 찌릿했다.

나란히 서는 것과 마주서는 것 사이의 간격을 총운은 너무나 잘 알고 있었다.

그간 서른 번이 넘는 비무를 펼쳤지만 단 한 번도 스승을 넘지 못했다. 조화경에 들고 무예가 농익었음에도 스승은 여전히 태산처럼 높았다.

"네가 가진 모든 걸 보여 봐라."

"저는 항상 진심으로 싸웠어요."

제갈총운은 피식 웃으며 자세를 잡았다. 이에 스승이 덤비라는 듯 손가락을 까닥거렸다.

"사양하지 않겠습니다."

그는 땅을 박차며 거리를 좁혔다.

이에 삼십 장 가까운 거리가 단숨에 줄었다. 속도라면 신법 중 으뜸이라는 만리추풍신법(萬里追風身法)을 사용한 것이다.

신법을 펼치자 주변의 나뭇가지가 춤을 추듯 출렁거렸다.

간격을 좁힌 제갈총운은 금나수(擒拿手)의 수법으로 스승의 팔을 낚아챘다. 내공이 담긴 손은 강철이라도 뜯어낼 듯했다.

하지만 개걸취도 만만치 않았다.

그는 파옥권(破玉拳)으로 총운의 공격을 맞받아쳤다. 마치 예상이라도 하고 있었던 것처럼. 금나수가 가위라면 파옥권은 바위와 같은 공격이었다.

상성에서 이기는 것은 불가능했다. 더군다나 상대가 스승과 같은 초절정의 고수라면 말이다.

"크윽."

힘에서 밀린 총운의 자세가 흐트러졌다.

개걸취는 그 틈을 노려 빙그르르 돌아 배후를 장악했다.

제갈총운은 위기감을 느꼈다.

이전에 비슷한 방법으로 당했던 것도 떠올랐다. 그때는 장법으로 반격을 하려다 도리어 당했었다.

'불리할 때는 굳이 부딪칠 필요가 없지.'

제갈총운은 취팔선보를 펼치며 자리를 벗어났다. 그가 서 있던 자리엔 심오한 내공이 담긴 회선장법이 펼쳐졌다.

만약 반격을 했다면 곧장 패배로 직결 됐을 것이다.

"호오. 제법이구나."

"같은 수법에 두 번 걸릴 정도로 호락호락하지 않아요."

"그러면 이건 어떠냐?"

개걸취는 선풍신법을 사용하며 거리를 좁혔다. 움직일 때마다 회오리바람이 부는 통에 위치를 파악하기가 힘들었다.

제갈총운은 현혹하는 바람을 무시했다. 그리고 오감을 넓혀 스승의 위치를 살피려 했다.

스승은 육방(六方)을 번갈아 밟으며 반 보씩 거리를 좁혀왔다.

'다음은 여기다.'

방향을 예측한 순간 망설임 없이 손을 뻗었다.

언뜻 보면 평범한 장으로 보였지만 그것은 항룡십팔장의 오 초식인 이섭대천(利涉大川)이었다.

그 안에 담긴 묘미는 큰 내를 건너면 이롭다는 것으로, 위기상황에 가장 빠르고 강력한 위력을 낼 수 있었다.

"어쭈. 벌써 그리 놀겠다는 게냐?

개걸취가 웃으며 항룡십팔장으로 맞불을 놓았다.

두 손바닥이 충돌하는 순간 파공음과 함께 주변으로 세찬 바람이 일었다. 위력에서 밀린 제갈총운은 피를 흘리며 주르륵 미끄러졌다.

과연 스승의 순발력과 기교는 놀라웠다. 설마 선풍신법 도중 비룡제천을 사용할 줄은 몰랐다.

일격을 주고받은 뒤 잠시 소강상태가 이어졌다. 그 사이 빗줄기는 더욱 굵어졌고 하늘이 번쩍이며 천둥이 쳤다.

'다른 방법이 없을까?'

제갈총운은 고심을 거듭했다.

지금 상태로 스승을 꺾을 방도는 없었다. 내공이면 내공, 장법이면 장법, 무엇하나 스승을 뛰어넘지 못했다. 어떤 발악을 한들 손바닥 위에서 놀아나는 셈이었다.

하지만 궁지에 몰린 쥐에게도 언젠가 기회는 온다. 그 기회를 잡는 것이 바로 승리로 향하는 길이리라.

'허를 찌르는 것 이외엔 도리가 없다.'

제갈총운은 서서히 내공을 끌어올렸다.

머릿속에 한 가지 계획이 떠올랐다. 그 의도를 파악하지 못한다면 설령 스승이라도 큰 타격을 입을 것이다.

"호오. 눈빛이 변했는데? 이제 재미있는 걸 보여 줄 테냐?"

개걸취가 누런 이를 드러내며 웃었다.

총운은 대답 대신 날렵하게 거리를 좁혔다. 그리고 스승의 다리를 노리며 옥룡팔장(玉龍捌掌)을 펼쳤다.

심후한 내공이 담긴 손은 달빛처럼 빛났다.

빠른 손속으로 여덟 개의 손바닥이 허공에 어렸다. 얼핏 보면 허초로 볼 수 있었으나 모두 실초로 하나하나에 절륜한 위력이 담겨 있었다.

개걸취는 내공을 끌어올려 항룡십팔장의 삼 초식인 용전어야(龍戰於野)를 준비했다. 공격이 만만치 않다고 느꼈던 것이다.

하지만 총운의 공격은 예상을 한참 벗어났다.

'설마. 그런 수를?'

개걸취는 헛숨을 들이켰다.

총운의 옥룡팔장은 자신을 향한 것이 아니었다. 바로 개걸취가 딛고 있던 지면을 노린 것이었다. 정면을 향하던 장법은 궤도를 바꾸어 바닥을 향했다.

쿵쿵쿵.

손바닥에서 뻗어진 내공이 땅을 두들겼다. 이에 지면이 가뭄이 난 것처럼 쩌억 갈라졌다. 동시에 개걸취의 몸도 비틀거렸다.

한순간이지만 허점이 드러난 것이다. 개걸취는 제자의 잔꾀에 혀를 둘렀다.

'좋았어. 기회다.'

총운은 회심을 미소를 지었다.

이번에 사용한 것은 제갈가의 진법에 영감을 받은 것이었다.

기문진법의 기초 중 하나로 십연진법이라는 것이 있었다. 십연진법의 이치 중에는 상대방의 팔패를 혼란케 한다는 내용이 나온다.

제갈총운은 이를 즉석에서 응용한 것이다. 하늘이 도왔는지 스승은 깜빡 속았다.

"쌍룡취수!"

우렁찬 외침과 함께 양손을 용맹하게 뻗었다. 틈을 발견한 만큼 강력한 초식으로 스승을 몰아붙여야 했다. 이런 기회는 다시금 오지 않을 것이다.

"어라?"

이상하게도 손이 허전했다.

방금 전까지 눈앞에 있던 스승도 보이지 않았다. 분명 장법이 닿을 때까지 눈을 부릅뜨고 있었건만.

제갈총운은 등골이 싸늘해짐을 느꼈다.

"총운아. 우리가 가진 최고의 무기를 잊어선 곤란하다."

목소리는 바로 발밑에서 들려왔다.

그랬다. 스승은 뇌려타곤으로 장법을 피한 것이다.

총운은 망치라도 얻어맞은 것처럼 머리가 멍해졌다. 그러나 곧바로 움직였다.

"끝나지 않았습니다."

그는 일어서는 스승을 향해 권을 뻗었다. 하지만 이는 어이없이 빗나가고 말았다. 개걸취가 일어서는 척했다가 다시 자리에 앉았기 때문이다.

이는 취배고(醉杯靠)를 응용한 회피 수법이었다. 취배고는 술잔에 기댄다는 뜻으로 변화무쌍한 움직임이 특징이었다.

"제법 용 썼지만 여기까지다."

개걸취는 총운의 팔을 붙잡아 몸을 일으켰다. 그리고 양 주먹으로 가슴을 강하게 후려쳤다.

총운은 위력을 이기지 못하고 십 장 가까이 미끄러졌다. 숨이 막히고 입에서 침이 흘렀다.

그는 바닥에 무릎을 꿇고 한참 동안 꺽꺽거렸다.

"고생했다."

고개를 드니 누런 이를 드러낸 개걸쥐가 있었다.

오늘도 지고 말았다.

第六章 스승의 죽음

비는 그칠 줄 몰랐다.

장대비는 세상을 덮을 듯이 꾸역꾸역 쏟아졌다. 커다란 천
둥소리가 귀를 때렸으며 벼락이 치면서 하늘에 섬광이 번쩍
였다.

제갈총운과 개걸취는 굴에서 모닥불을 쬐고 있었다. 비무
로 홀딱 젖었기에 속옷차림으로 옷을 말리는 중이었다.

'역시 스승님의 벽은 높구나.'

총운은 멍한 표정으로 타오르는 불꽃을 응시했다.

적어도 이번만큼은 궁지에 몰았다고 자신했었다. 장법으

로 지면을 노린 것은 분명 기발한 착상이었다. 하지만 기대는 여지없이 박살나고 말았다.

스승은 마치 그를 비웃듯이 공격을 피해냈다.

'멍청하긴 고수를 상대로 방심하다니.'

제갈총운은 자신의 머리를 쥐어박았다.

"아직 비무를 마음에 두고 있는 것이냐?"

"…조금요."

"총운아. 이제 너는 한 계단만 넘으면 새로운 경지에 도달할 수 있다. 넘어야 할 것이 무엇인지는 감이 오느냐?"

"잘 모르겠어요."

도리질을 하는 모습엔 어렸을 때의 귀여움이 그대로 묻어 있었다.

개걸취는 옛 생각이 나서 환하게 웃었다.

"분명 너는 강하다. 하지만 바로 그 강함이 족쇄가 되고 있단다. 개방무공의 가장 큰 무기는 바로 자유로움이야."

스승의 한 마디는 잔잔했다.

총운은 그가 말하는 바가 무엇인지 알 것도 같았다. 하지만 손에 쥐려고 하면 그것은 저만치 달아나 버렸다.

침묵이 이어지는 가운데 장작이 타닥타닥 타올랐다.

"저녁을 깜빡했네요. 스승님이 좋아하는 걸식조가 다 식겠어요."

총운은 걸식조를 챙겨 장작불에 살짝 익혔다. 고소한 닭 냄새가 동굴 안에 퍼져 나갔다. 비무를 막 끝냈던 터라 총운도 배가 고팠다.

"스승님이 좋아하시는 날개랑 다리. 여기 있어요."

스승을 먼저 챙긴 뒤 식사를 시작했다.

쩝쩝거리는 소리와 함께 닭은 금세 뼈를 드러냈다. 소화도 시킬 겸 황주를 들이켜니 세상을 다 가진 것 같았다.

총운은 불룩한 배를 만지며 스승을 응시했다. 개걸춰는 음식에 거의 손을 대지 않았다.

"뭐하세요? 거의 입도 안 댔네?"

"오늘은 별로 입맛이 없다."

"제자가 사온 성의를 봐서라도 좀 드세요. 맛있는 거 먹고 오래 사셔야죠."

"늙은이가 살면 얼마나 산다고 그러냐. 오늘 죽을지, 내일 죽을지는 하늘만 아는 거지."

"재수없는 소리 하지 마세요. 말이 씨가 된다고요."

총운은 미간을 찌푸렸다.

태어났으면 죽는 것이 인지상정이라는 것을 모르진 않았다. 하지만 스승이 죽는다는 사실엔 왠지 모를 거부감이 들었다.

그를 키운 것은 팔 할이 스승이었다.

그 단단한 지주가 무너진다는 생각을 하면 진저리가 났다.

"그러고 보니 총운이가 계집질을 한 지도 꽤 오래됐구나."

"그 이야기는 갑자기 왜 꺼내세요?"

장작불 때문인지 부끄러움 때문인지 총운의 얼굴이 벌겋게 달아올랐다.

"그때만 떠올리면 아주 땅을 구르고 싶어진다니까. 네가 네 얼굴을 직접 봤어야 돼. 기루를 나온 다음에 한 말은 기억나느냐?"

"몰라요. 묻지 마세요."

"아마. 이렇게 말했을 걸? 원래 이렇게 금방 끝나는 거예요?"

개걸취는 총운의 목소리를 흉내 내며 껄껄 웃었다.

청년이 다 되었지만 스승의 놀림에는 당할 재주가 없었다. 그는 꿀 먹은 벙어리처럼 장작을 응시했다.

"총운아."

개걸취는 누룩주를 들이킨 뒤 그를 바라보았다. 입가에는 인자한 미소가 걸렸으며 눈에는 제자에 대한 애정이 듬뿍 담겼다.

"내가 너에게 부탁할 게 있다."

"갑자기 무슨 부탁이요?"

총운이 고개를 갸웃거렸다. 그동안 스승이 뭔가를 부탁한

적이 전무했기 때문이다.

"심각하게 생각할 건 없어. 그냥 늙은이가 한 마디 한다고 생각하면 된다."

개걸취가 목을 가다듬으며 말을 이었다.

"가능하다면 개방을 일으켜 주었으면 한다."

"뜬금없이 개방은 왜요?"

스승의 진지한 말투에 총운이 당황했다.

즐겁게 강호를 유랑하고 있는데 갑자기 왜 개방의 재건 이야기를 꺼내는 것일까.

그의 의문을 읽었는지 스승이 헛기침을 하며 말을 이었다.

"내가 소싯적에 신세를 졌던 거지놈이 있다. 그 녀석이 아니었으면 지금의 나는 없었을 거야. 그 노친네가 지금의 개방을 보면 통곡을 하고 있을 거다."

개걸취가 쓴웃음을 지었다.

스승의 말에 총운은 조용히 고개를 끄덕였다.

확실히 개방은 예전만 한 힘을 내고 있지 못했다. 개방은 무당파와 아미파와 더불어 정사대전 이후 세력이 급격하게 약해진 축에 속했다.

현재는 공석인 방주자리 선출 때문에 소란을 겪는 중이기도 했다.

"총운아. 그거 알고 있느냐?"

개걸취가 그윽한 눈빛을 보냈다.

"개방에는 항룡십팔장이 없다."

"네? 그게 말이 되나요?"

"믿기 힘들지만 사실이다."

개걸취의 어투는 단호했다. 평소 성격을 보아도 이런 농담을 할 위인이 아니었다.

놀라운 사실에 총운은 입을 다물지 못했다.

세상에 개방의 무공이 개방에 없다는 것이 가당키나 하단 말인가.

그렇다면 자신이 배운 항룡십팔장은 대체 무엇이란 말인가.

"개방의 이십삼대 방주 취하자는 정사대전에서 갑자기 병으로 죽었다. 나와 동년배니 살만큼 살았지만 그렇게 갑자기 죽을 줄은 몰랐지."

개걸취가 씁쓸한 미소를 지으며 말을 이었다.

"무림에서 항룡십팔장을 익히고 있는 것은 오직 우리 둘뿐이다."

"도대체 스승님과 방주님의 관계는 어떻게 되는 거죠?"

"화살이 내게로 돌아오는구나. 부탁을 하는 입장에서 모든 걸 숨길 수는 없겠지."

개걸취가 한숨을 쉬며 말을 이었다.

"나는 취하자 놈과 막역한 사이였지. 그 녀석과 강호를 주유하면서 피를 씻고 자유로운 바람이 되었어. 항룡십팔장을 배운 건 바로 그때다."

피를 씻었다는 말에 등골이 오싹해졌다. 스승과 피라는 조합은 더 없이 기이하기 짝이 없었다.

"그러니 네게 항룡십팔장을 가르쳐 준 건 내가 아니라 그 놈이라고 볼 수도 있지. 다른 개방의 무공도 마찬가지고 말이다."

개걸취의 말과 함께 공터에 침묵이 찾아왔다.

너무나 뜻밖의 사실들이 그를 휘몰아치고 있었다. 총운은 혼란한 머리를 다잡기 위해 노력했다.

"무림이 바로 서려면 거지가 바로 서야 해. 거지는 누구도 부정할 수 없는 중원의 눈이다. 눈이 흐려지면 위기가 닥쳐도 제대로 대처할 수 없는 법이지."

개걸취가 말을 이었다.

"쉽지 않은 부탁이 아니라는 건 알고 있다. 하지만 혼자 잘 먹고 잘 사는 것만이 능사가 아니지. 하늘이 너를 내게 내려 준 것은 분명 그러한 뜻이 있어서 일 것이야."

"천천히 생각해 볼게요."

총운은 혼란스러운 머리를 정리하기 위해 애를 썼다. 스승의 이야기는 너무나 뜻밖이고 충격적이었다.

만약 다른 중원인이 두 사람의 대화를 들었다면 천장까지 뛰어올랐을 지도 몰랐다.

"그리고 이건 사적인 부탁이다. 혹시나 말이다. 아주 만약에 말이다. 양쪽 눈의 색이 다른 사람을 보거든 반드시 죽여라."

"저보고 사람을 죽이라고요?"

총운이 화들짝 놀랐다.

스승의 평소 성격과 달리 내용이 무척 파격적이었다. 그의 입에서 살인이라는 단어가 나올 줄은 꿈에도 몰랐다.

총운은 다시금 충격을 받았다.

"만약 무림에 혈풍이 분다면 다 그 녀석 때문이다. 그놈을 막을 수 있는 인간은 적어도 내가 아는 이중에는 없다."

"그 사람은 누구예요?"

"내 첫 번째 제자였다."

개걸취의 말이 망치처럼 머리를 때렸다.

스승에게 또 다른 제자가 있다니 이는 총운으로서도 처음 듣는 이야기였다.

총운의 반응을 읽은 개걸취가 쓴웃음을 지었다.

"굳이 따지면 네 사형이 되겠구나."

"왜 그런 중요한 이야기를 안 하셨어요?"

총운의 눈이 호기심으로 빛났다.

"솔직히 너와 마주치지 않았으면 하는 마음이 있었다. 네 경지가 더욱 상승한다면 녀석의 처리를 부탁하마."

총운은 머리가 빙글빙글 도는 것을 느꼈다.

스승이 제자를 죽이라고 하는 명하는 경우는 어떠한 상식에도 어긋나는 것이었다.

"그 녀석은 천성이 악하다. 개전의 여지가 전혀 없어. 그놈을 죽이지 않으면 수천의 무림인이 피를 보겠지."

개걸취가 담담한 표정으로 총운을 응시했다.

총운으로서는 감히 그 편린을 예측할 수 없었다. 다만 심상치 않은 비화가 있음을 어렴풋이 느낄 뿐이었다.

"갑자기 그런 이야기를 하시니 혼란스럽네요."

"하긴 그럴 법도 하겠구나."

개걸취가 작게 고개를 끄덕였다.

"부탁이라고는 했지만 꼭 들어줄 필요는 없다. 너에게는 네 인생이 있는 것이니."

"…네."

총운의 대답과 함께 공터에 싸늘한 침묵이 찾아왔다.

"그나저나 우리 색골 총운이는 언제 또 기루에 가려나?"

개걸취는 분위기를 전환하기 위해 농을 던졌다.

"색골이라니요? 기루에 간 적도 손에 꼽힐 정도인데."

"오늘은 그렇다고 해두자. 오랜만에 움직였더니 피곤하구

나. 어서 자자꾸나."

두 사람은 거적을 깔고 자리를 마련했다.

그런데 개걸취가 평소와 달랐다.

그는 꾸물꾸물 다가와 총운에게 찰싹 붙었다. 그리고 다짜고짜 총운의 팔을 베게로 삼았다.

십 년을 넘게 함께했지만 오늘 같은 날은 처음이었다.

평소와 달리 부탁을 한 것도 이상했건만. 혹시 스승의 몸에 이상이라도 있는 걸까.

"징그럽게 왜 그러세요?"

"왜? 스승에게 팔을 내주는 것이 아깝더냐?"

"남자 둘이 붙어서 자면 사람들이 흉봐요."

"여기 볼 사람이 누가 있다고 그러느냐. 대장부가 쫀쫀하게 굴면 못 쓴다."

스승의 고집에 총운도 혀를 둘렀다.

그는 팔을 내준 채로 천장을 응시했다.

비무를 했던 흥분감이 남았던지 의식이 또렷했다. 그렇게 천장을 보고 있자니 갖가지 상념들이 떠오르기 시작했다.

제갈가를 나와 스승을 처음 만났던 날.

하북에서 홀로 거지생활을 했던 두 달간.

각종 무공을 익히며 조화경에 들었던 순간까지.

지금 생각하면 모든 것이 한순간의 꿈처럼 느껴졌다.

총운은 아직 스스로를 소년이라고 생각하고 있었다. 넷째 누이인 제갈유화에게 사탕을 받고 좋아했던 것도 엊그제 같건만.

이제 그는 건장한 체격을 가진 성인이 되었다. 머리도 컸고 세상물정도 헤아릴 줄 알게 되었다.

'스승님이 이렇게 작았던가?'

총운은 쓴웃음을 지었다.

스승의 체구는 작았다. 어렸을 때는 눈 위에 있었지만 지금은 그를 내려다봐야 했다. 스승의 머리는 고작 자신의 어깨에 닿을 정도였다.

물론 스승의 존재감은 늘 그를 넘어서기는 했다. 노인장의 굽은 등판은 마치 태산처럼 넘볼 수 없었다. 하지만 오늘만큼은 왠지 달랐다.

스승이 스승으로 보이지 않았다. 단지 세월의 풍파에 녹슬어가는 한낱 노인으로 보였다.

"오래 사세요. 제자랑 똥칠할 때까지 사는 겁니다."

총운은 남은 팔로 스승의 허리를 끌어안았다.

＊　　　＊　　　＊

다음 날 정오.

총운은 굴 입구에 서서 멍하니 비를 바라보았다.

장대비는 여전히 맹렬한 기세로 대지를 두들겼다. 아무래도 장마가 시작된 모양이었다. 오랜 가뭄 끝에 단비였지만 도가 지나치면 강이 범람해 홍수로 번질 수 있었다.

"당분간 구걸하기도 힘들겠는데."

총운은 쓴웃음을 지으며 숨겨두었던 누룽지를 씹었다. 비도 심하게 내리니 당분간은 굴에서 지내야 하리라.

"아직도 자세요?"

돌아서서 스승을 응시했다.

스승은 몸을 웅크린 채 쥐죽은 듯 누워 있었다. 평소라면 배가 고프다며 난리를 칠 시간이었다.

"이제 일어나세요. 아침 먹어야죠."

총운은 스승을 흔들어 깨웠다. 그런데 스승의 기색이 심상치 않았다. 몸이 싸늘한데다가 딱딱하게 굳기까지 했다. 등골이 오싹했다.

"장난치지 말고 일어나세요."

총운의 목소리에 다급함이 묻었다. 하지만 스승은 여전히 꿈적도 하지 않았다. 손가락을 코밑에 대어 보았지만 숨결이 느껴지지 않았다.

온몸에 힘이 빠져나갔다.

총운은 스승 앞에 무릎을 꿇고 고개를 떨어뜨렸다. 믿을 수가 없었다. 어제까지만 해도 정정했던 그가 어째서 하루아침에.

"일어나세요! 이런 장난 하나도 재미없어요."

총운은 싸늘하게 식은 스승을 흔들었다. 그러자 스승이 안고 있던 표주박이 툭! 하고 바닥에 떨어졌다. 몇 년 전 그가 생일 선물로 만들어 주었던 것이었다.

박 뒤편에 적힌 개걸취라는 글자를 보는 순간 눈물이 핑 돌았다.

"일어나! 일어나라고! 이 빌어먹을 노인네야!"

총운은 스승의 팔을 붙들고 미친 듯이 흔들었다.

"이렇게 죽으라고 걸식조를 사온 줄 알아? 기루에 갈 돈 다 털어서 샀단 말이야. 빨리 일어나!"

총운의 통곡이 굴을 가득 메웠다.

하나 그의 울부짖음에도 스승은 여전히 반응이 없었다. 등은 새우처럼 굽었으며 얼굴에는 평온한 미소가 어렸다.

"죽지 마! 나만 두고 죽지 말라고……."

총운은 스승의 품에 얼굴을 묻은 채 울부짖었다.

그의 슬픔을 덮어주려는 듯 하늘이 우르르 쾅쾅 진동했다.

그렇게 하늘이 울고 한 청년이 울던 날이 있었다.

                    *   *   *

　허망했다.

　인간이라는 것이 본래 이렇게 덧없는 존재였던가.

　총운은 싸늘하게 식은 스승을 보며 눈가를 훔쳤다. 함께했
던 추억이 떠오르면서 다시금 가슴에서 뜨거운 것이 솟구쳤
다.

　스승의 죽음을 깨닫고 반나절가량 통곡했다. 눈물은 마르
지 않았다. 상실감에 온몸과 가슴이 요동쳤다.

　언젠가 이별의 날이 올 거라는 건 알고 있었다. 하지만 스
승은 일언반구도 없이 떠나버렸다. 적어도 이별을 준비할 시
간은 주어야 하는 것이 아닌가.

　'그랬구나. 내가 어리석었다.'

　총운은 스승이 보인 행동들을 생각하고 가슴을 쳤다.

　오랜만에 비무를 하자고 했을 때 알아차렸어야 했다. 자기
전에 부탁을 들어달라고 했을 때 깨달았어야 했다.

　스승은 이미 자신의 죽음을 예견하고 있었다. 잘못은 이를
눈치채지 못했던 총운에게 있었다.

　만약 이를 깨달았다면 허망하게 스승을 보내지 않았을 텐
데.

　"이제 나는 어떻게 해야 한다 말인가?"

총운은 퉁퉁 부은 눈을 훔쳤다.

스승을 잃어버린 그는 방향을 상실한 나룻배와 같았다. 어디에 가서 무엇을 해야 할지 도무지 알 수가 없었다.

"이젠 물어도 대답해 주시지 않을 거죠?"

총운은 개걸취를 보며 쓴웃음을 지었다.

비는 그쳤으며 하늘에는 태양이 떠올랐다. 나뭇가지 사이에는 찬란한 무지개가 걸렸다.

총운은 스승을 두 팔에 안고 굴을 나왔다. 굳게 다문 입술에서는 무언의 각오가 서려 있었다.

그는 마을이 잘 내려다보이는 명당을 찾아 땅을 팠다.

내공은 사용하지 않았다.

스승이 잠들 장소엔 오로지 자신의 땀과 힘만을 쏟고 싶었다.

반 시진 정도 애를 쓰니 스승을 눕힐 작은 공간이 만들어졌다.

툭—

"어. 이건?"

스승을 눕히려는 찰나 품에서 한 장의 종이가 떨어졌다. 총운은 이를 주워들고 천천히 읽어나갔다.

이 편지를 볼 때쯤이면 나는 세상을 떠났겠지.

그런데 이게 참 실감이 안 난단 말이야.

왜냐면 편지를 쓰고 있는 지금 나는 쌩쌩하게 살아 있으니까 말이야.

오랜 세월 살았지만 세상일이라는 건 하나같이 웃기는 일들 투성이인 것 같구나.

말없이 떠나는 걸 용서하거라.

곧 죽는다고 말하면 네가 어떤 반응을 보일지 눈에 선했다.

그 꼴을 보느니 차라리 입을 다무는 게 낫다고 생각했다.

제자가 되겠다고 삼배를 한 게 엊그제 같은 데 너는 벌써 건장한 청년이 되었지.

부족한 나를 따라주느라 고생이 많았다.

늙은이의 치졸한 과거를 묻지도 않고 말이다.

만약 개방에 가게 된다면 내가 쓰던 타구봉을 전해주거라. 취하자 녀석이 쓰던 타구봉인데 이젠 주인을 찾아야겠지.

마지막으로 고맙다.

너를 만나서 비로소 웃을 수 있었다.

잘 있거라.

소중한 제자 총운아.

톡톡 눈물이 떨어졌다.

다시는 울지 않겠다던 굳건한 맹세는 유리처럼 조각났다.

총운은 차가운 스승의 몸을 끌어안고 대성통곡했다.

그는 가족도 아닌 자신에게 분이 넘치는 사랑을 주었다. 하나 이제 다시는 그를 보지 못할 것이다.

총운은 스승을 자리에 눕힌 뒤 흙으로 덮었다. 그리고 근처에 있던 바위를 봉분 앞에 세웠다.

끼이이익.

쇄심지의 수법으로 바위에 글귀를 새겼다. 그의 손가락은 일필휘지(一筆揮之)하여 거침이 없었다.

총운은 손을 털고 묘에 삼배를 올렸다.

"하늘에서라도 꼭 지켜봐 주세요. 이 제자의 모습을."

묘비를 뒤로 하고 동굴로 돌아가는 총운.

그가 바위에 새긴 글귀는 다음과 같았다.

무림을 품은 자유인. 이곳에 잠들다.

*   *   *

하늘은 맑았다.

총운의 마음을 모르는 뭉게구름이 무심하게 흘렀다. 산새 두 마리가 정답게 지저귀는 모습에 문득 가슴이 울컥했다.

스승과 함께했던 순간이 떠올랐기 때문이다.

바로 며칠 전만 해도 스승은 총운과 함께였다.

개걸취는 스승이었지만 동시에 좋은 말벗이었으며 인생의 동반자였다.

그를 잃은 슬픔을 쉽게 떨칠 수 없음은 당연했다.

총운은 오로지 술에 의존해 이를 마비시켰다. 정신이 맑아지는 것이 두려워 일부러 취기도 몰아내지도 않았다.

"이제 나는 어찌 해야 한단 말인가?"

총운의 한탄이 바람을 타고 흘렀다.

애초 그의 목적은 스승과 강호를 떠돌고 인생의 도리를 깨치는 것이었다. 이를 생각하면 충분한 소득은 얻었다.

무공 수준은 이미 조화경에 올랐으며 세상 물정에도 도가 텄다. 자신의 몸을 지키며 바람처럼 떠돌기에도 전혀 부족함이 없었다.

비록 스승이 부탁을 남겼다고는 하나 그가 죽은 이상 이를 지키는 것도 부질없어 보였다.

총운은 답답한 마음에 병나발을 불었다. 죽엽청의 쓴 맛에 절로 신음이 터졌다.

그는 술에 찌든 채로 잠이 들었다.

꿈이었다.

스무 살 무렵의 총운은 스승과 함께 산자락을 굽어보고 있었다.

"총운아. 인간은 무엇 때문에 산다고 생각하느냐?"

"글쎄요. 생각해 보질 않았는데요."

"예끼. 이놈아. 스승이 분위기를 잡는데 찬물을 끼얹어?"

개걸취가 총운의 머리를 쥐어박았다.

"그러지 말고 진지하게 생각해 보거라."

"그럼 솔직하게 말할게요. 사는 데 이유가 꼭 필요할까요? 무릇 생명이 태어나고 지는 데는 어떠한 도리도 없잖아요."

"허허. 무심한 녀석. 그러면 사는 재미가 없지 않느냐?"

"불가에서는 인생이 고(苦)라고 했어요. 인생은 재미없는 게 당연한 거예요."

"짜식. 끼워다 맞추기는."

개걸취가 누런 이를 드러내며 웃었다.

"내 생각에는 이렇다. 사람이란 본래 가슴에 품은 뜻을 이루기 위해 사는 것이다. 먹고 사는 생각만하면 평생 먹고 사는 일밖에 모르는 법이야. 가슴에 품은 게 그만큼 작다는 거지."

개걸취는 총운을 보며 말을 이었다.

"사람이란 제대로 된 뜻을 세웠을 때 비로소 빛을 발할 수 있지. 네 가슴에는 과연 뭐가 있을지 모르겠다."

"안타깝게도 지금은 스승님밖에 없네요."

"능글맞은 녀석. 그래도 나쁘지는 않구나."

두 사람은 서로를 보며 미소를 지었다.

캄캄한 하늘에 날카로운 하현달이 떴다.

총운은 퉁퉁 부은 눈을 하고 스승의 무덤을 향했다.

취기를 몰아낸 그의 발걸음은 무척이나 당당했다. 무덤 앞에 선 총운은 삼배를 올리고 술을 부었다.

죽엽청이 개천처럼 지줄대며 주변으로 흘렀다.

"당신은 참 지독한 노인네입니다."

총운은 천천히 입을 뗐다.

"무슨 수를 써도 당신을 몰아낼 수가 없어요. 그래서 포기했답니다. 당신을 지워내는 일을요."

총운은 술을 들이키며 스승과 마지막 술자리를 가졌다.

그의 독백이 쓸쓸하게 이어졌다.

"당신께서 말하셨죠? 사람이란 뜻을 이루기 위해 산다고. 나는 가진 것을 모두 이루었으니 이루고 싶은 것이 없습니다. 그래서 큰 맘 먹고 당신의 뜻을 받아드리겠습니다. 늙은이가 하지 못한 일을 이 몸이 대신하겠다 이 말입니다."

총운의 언성이 높아졌다.

"사나이 제갈총운이 맹세합니다. 제가 반드시 개방을 천하무적으로 만들 겁니다. 정파든 사파든 그 누구도 개방을 건드리지 못하게 만들 거라고요. 그리고 당신의 첫째 제자 놈 면상도 아작 낼 겁니다."

총운은 술을 벌컥벌컥 들이켜고 빈병을 휙 던졌다. 술병이 데구루루 구르면서 맑은 소리가 흘렀다.

"하늘에서 잘 보세요. 이 제자의 그릇이 결코 작지 않음을."

그는 서둘러 봉분을 등졌다.

그렇게 하지 않으면 뜨겁게 흐르는 눈물을 감출 수 없을 것 같았다.

스승과의 작별에서 눈물을 보이는 건 꼴사나운 짓이 아닌가.

총운은 소매로 눈가를 훔친 뒤 다시 봉분을 응시했다.

"저승에서도 몸 건강히 지내세요. 바보 같은 영감."

그는 휘적휘적 하산했다.

개방의 역사가 새롭게 쓰일 위대한 첫발이었다.

第七章 일자리를 얻다

　일주일 뒤.

　총운은 강소성 끝자락에 있었다.

　그의 목적지는 다름 아닌 하북에 있는 항구도시 천진이었
다. 개방의 총타가 그곳에 있기 때문이었다.

　산자락을 넘는 총운의 얼굴은 단호했다.

　그는 차근차근 개방에 대한 정보를 모았다.

　현재 대외적으로 드러난 개방의 문제는 크게 두 가지였다.
첫째는 차기 방주 선출로 세력이 사분오열된 상태라는 점이
었고, 다른 하나는 심각한 재정난으로 방도의 숫자가 줄어들

고 있다는 점이었다.

표면적인 문제가 이 정도라면 내부의 사정이 더욱 골치 아
플 것은 두말할 필요가 없었다.

"일단은 자리부터 꿰차야겠군."

총운은 죽엽청을 들이키며 신음을 뱉었다.

만약 정식으로 입문하게 되면 개방을 개혁할 일은 소원해
질 수밖에 없었다.

비록 총운의 거지 생활이 십 년이 넘었다지만 개방에서는
이를 인정하지 않을 게 분명했다.

개방에 입문하는 거지들은 우선 백의개를 거친다.

백의개란 거지 경력이 삼 년 미만인 자로 그동안 의를 벗어
나지 않는다면 일결을 획득한다.

이때야 비로소 개방에 소속되었다는 의미로 허리띠를 받
게 된다.

개방거지들의 고하를 나누는 것도 바로 이 허리띠였다. 허
리띠의 매듭수가 많으면 많을수록 거지경력이 풍부하며 무공
도 고강했다.

일결을 획득한 후엔 각 거지들의 능력에 따라 지위를 얻게
된다.

보통 삼결부터 분타주를 맡으며, 오결은 총타와 각 당의 당
주, 칠결의 경우 장로라 일컫는데 구파의 장로들과 동등한 대

접을 받았다.

팔결의 경우 방주를 계승할 수제자며, 개방의 수장인 용두방주는 아홉 개의 매듭을 지녔다.

하나 당장 개방을 뜯어 고쳐야 하는데 이러한 과정을 차례대로 밟을 수는 없는 노릇이었다.

"방법이 없는 건 아니지."

총운은 묘책을 떠올리고 씨익 웃었다.

스승의 말이 사실이라면 현재 개방에는 절기인 항룡십팔장이 사장된 상태다.

만약 총운이 이를 전수하겠다고 하면 개방에서는 쌍수를 들고 환영할 수밖에 없었다.

한마디로 항룡십팔장을 대가로 개방의 요직을 꿰차는 수법인 것이다.

"가능하다면 감찰관이 좋겠어. 더러운 곳을 헤집으려면 말이야."

총운은 벌써 자신의 자리까지 생각하고 있었다.

어려서부터 거지생활을 했다고는 하나 그의 핏줄은 엄연히 제갈세가의 것이었다.

그의 타고난 총기와 현명함은 타의추종을 불허했다. 만약 세가에 남았다면 능히 신기제갈의 부활을 일으킬 재목이었다.

개방을 개혁하는 일이 물론 쉽지는 않을 것이다. 하지만 총운은 자신이 있었다.

그의 고강한 무공과 십여 년의 거지생활은 결코 녹록한 것이 아니었으니까.

"계속 지켜봐주실 거죠?"

총운의 시선이 하늘을 향했다.

*   *   *

오랜 여정 끝에 산동성에 도착했다.

산동성을 지나 하북으로 향하는 데는 대략 한 달 정도가 소요될 것이다.

총운은 산허리에서 마을을 내려다보았다.

뭉게구름 아래로 펼쳐진 것은 태평촌(太平村)이라는 도시였다. 태평촌은 하남과 가장 가까운 도시로 상업의 요충지 중 하나였다.

또한 중원에서 열 손가락 안에 든다는 중원표국의 거점이기도 했다.

총운은 휘적휘적 태평촌으로 내려왔다.

거리는 사람들로 북적거렸으며 표국의 마차가 줄지어 총문을 통과했다.

사람 냄새를 맡는 것은 참으로 오랜만이었다. 총운의 얼굴에 절로 미소가 걸렸다.

가장 먼저 향한 곳은 약방이었다. 그간 산을 돌면서 제법 많은 양의 약초를 캤기 때문이다. 총운이 들어서자 약방 주인이 코를 붙잡으며 인상을 썼다.

"어이쿠. 아무리 거지라도 좀 씻어야 하는 거 아니냐?"

"어차피 지저분해질 것 뭐하러 씻습니까? 씻다가 낭비하는 세월도 무시 못 하죠."

총운은 너스레를 떨며 약초를 풀어놓았다. 약초는 세 가지 종류가 있었는데 각각 두 주먹 정도의 양이 있었다.

"값 좀 쳐주세요."

"뭐야. 쓸데없는 것만 잔뜩 가져왔잖아."

약방 주인은 약초들을 만지작거리더니 시선을 휙 돌렸다.

"엽전 두 냥이야. 많이 쳐주는 걸세."

"이것들은 뭐하는데 쓰는 겁니까? 몸에 좋으면 저도 가끔 먹어 보렵니다."

"이거? 그냥 다른 보약에 섞어 쓰는 거야. 별 효능은 없어."

시치미 떼는 주인을 보며 총운은 피식 웃었다. 약초에 대한 지식이라면 그 역시 주인 못지않았다. 스승과 무림을 돌면서 한약도감을 통독했기 때문이다.

"거지라고 너무 무시하는 것 아닙니까? 여기 있는 노란 것은 미옥초고, 그 옆에 있는 것은 반하, 남은 것은 양모밀이 아닙니까? 섞어 팔기는커녕 각기 팔아도 수량이 부족한 걸로 아는데요."

총알같이 뿜어지는 화술에 주인의 표정이 멍해졌다.

많은 거지가 약초를 팔러오지만 눈앞의 거지처럼 해박한 놈은 없었다.

"적어도 열 냥은 받아야겠습니다."

"그래도 열 냥은 너무 많아."

"지체 높은 한약방의 태상께서 한낱 거지와 흥정을 하시다니요. 하늘이 울겠습니다."

총운의 수려한 말발에 결국 주인도 두 손을 들었다.

그는 쓴웃음을 지으며 열 냥을 건넸다.

"복 많이 받으실 겁니다. 다음에 또 뵙죠."

총운은 씨익 웃으며 전대에 돈을 챙겼다. 약방을 나오는 발걸음도 가볍기 그지없었다.

이는 약방에 들를 때 마다 항상 써먹는 수법이었다.

처음엔 약초에 대해 무지한 척하다가 상대의 허를 찌른다. 그러면 거짓말을 했다는 죄책감에 넉넉한 가격을 불러도 거절을 하지 못했다.

"자아. 다음엔 그리로 가보자."

총운은 터덜터덜 장터로 향했다.

마을 인심을 알아보고, 물정도 두루 살필 수 있기 때문이다.

장터를 한 바퀴 돈 후 그는 입맛을 다셨다.

얼마 전 폭우로 인해 잡곡을 비롯한 식품류의 가격이 대폭 올랐다. 보부상과 손님의 얼굴들 역시 하나같이 울상이었다.

"울적한데 한 곡 뽑아볼까?"

그는 피식 웃으며 장터 중앙에 자리를 잡았다.

걱정도 없고 직업도 없어.

절은 상제가 아니라 죽창에 하지.

도둑맞을 걱정도 없어.

왜냐하면 나는 돈이 없거든.

오직 배만 있어.

이슬 피할 지붕이 있는 사람들아.

말간 미음 한 그릇 가진 사람들아.

거지 같은 세상이라 원망 마오.

그리하면 진짜 거지들이 갈 곳은 전혀 없어라.

총운은 춤을 추듯이 신나게 타구봉을 흔들었다.

오랜만에 펼쳐진 볼거리에 사람들이 우르르 몰렸다.

그들은 총운의 신바람 나는 타령과 춤사위에 웃음을 터뜨렸다.

이 각가량 춤판을 벌이니 바닥에는 익힌 감자와 수수떡 같은 것이 제법 떨어졌다.

"나쁘지 않구만."

총운은 바닥에 떨어진 음식을 챙긴 뒤 휘적휘적 주점을 향했다. 그리고 누룩주를 두 통 구입한 뒤 동냥하는 어린 거지 앞에 섰다.

"아이야. 이 동네에서 제일 나이 많은 거지가 누구냐?"

"화평반점에 있는 고두식 할아부지요."

"어떻게 생겼지?"

"코 옆에 커다란 점이 있어요."

어린 거지가 무심하게 말했다.

앞에 놓인 박을 보니 텅텅 비어 있었다. 음식 찌꺼기가 묻은 흔적도 전무했다.

총운은 문득 하북에서 처음 거지생활을 했던 날을 떠올렸다.

그때의 자신도 아마 이 아이 또래 정도 되었던 것 같다.

"아직 개시도 못했구나. 옛다."

총운은 엽전 두 냥을 아이의 박에 던졌다. 품에서 수수떡을 꺼내 입에 물려주기도 했다.

처음으로 맞는 횡재에 아이의 눈이 토끼처럼 커다래졌다.

"항상 용기를 잃지 말거라. 네가 너를 포기하지 않으면 언젠가 하늘이 도울 거란다."

총운은 아이의 머리를 쓰다듬고 화평반점으로 향했다.

최고령자를 찾는 이유는 간단했다.

태평촌이 어떻게 돌아가는지 파악하기 위함이었다.

무엇보다 일자리를 구해 돈을 더 모을 생각이었다.

하북으로 가는 길은 멀었고 그간 마실 술값도 만만치 않았다.

화평반점으로 향하는 총운의 발걸음은 거침이 없었다.

*　　　*　　　*

화평반점은 한산했다.

점심시간이 지났다고는 하지만 객수가 평소에 절반도 되지 않았다.

장마가 든 이후로 사람들의 씀씀이가 확 줄었기 때문이다.

객이 없으니 거지들이 초를 치는 것은 당연했다.

거지무리는 반점에서 조금 떨어진 곳에서 곰방대를 물고 있었다.

"고두식 형님. 여기 계셨군요."

총운은 무리 중앙에 섰던 고두식을 발견했다.

그는 막 잎을 다 태우고 찌꺼기를 비우고 있었다. 곰방대로 땅바닥을 두드리자 후드득 재가 떨어졌다.

그들은 낯선 거지를 보자 하나같이 경계심을 보였다.

"너는 어디서 굴러먹던 거지냐?"

"체구도 좋은데 막일이라도 하지. 왜 거지가 됐데 그래?"

"너무 그러지 마십시오. 저도 사연 많은 거지입니다. 동냥도 안 되는데 아우랑 한잔 걸치는 건 어떨까요?"

품에서 누룩주를 꺼내자 거지들의 얼굴에 화색이 돌았다.

그들은 총운을 귀빈 모시듯 하여 소굴로 인도했다. 이들의 소굴은 빈민가에 있는 한 폐가였다.

"인심도 흉흉한데 거지들끼리 한번 거하게 마셔보죠."

총운은 타령으로 얻은 음식을 바닥에 내려놓았다. 그리고 누룩주를 들이켠 뒤 옆에 거지에게 내밀었다.

오랜만에 펼쳐진 술상에 노거지들은 반색했다.

술이 돌고 돌면서 말이 많아졌고 천천히 속내를 털어놓기도 했다.

총운은 적당히 장단을 맞춰준 뒤 핵심으로 들어갔다.

"요새 적당히 할 만한 일 없습니까? 기루를 가본 지도 엄청 오래됐습니다."

"낄낄낄. 하긴 자네 나이면 한창 혈기왕성할 때지."

"맞아 맞아. 나도 여자만 보면 아랫도리가 불끈불끈 솟아날 때가 있었지."

노인들은 누런이를 드러내며 껄껄 웃었다.

"자네같이 건장한 거지라면 표국에 들어가는 게 좋지 않을까? 요새 한창 호위무사를 뽑는다고 하더군."

고두식이 총운을 보며 운을 띄었다.

"호위무사가 되면 정식으로 표국 소속이 되지 않습니까? 저는 거지생활을 포기하고 싶진 않아요."

"그래? 독특한 친구군. 창천강 하류에서 제방을 공사한다고 하는데. 거긴 어떤가?"

"행선지와 맞지 않는군요."

"그럼 딱히 추천할 게 없는데."

고두식이 턱수염을 쓸어내렸다. 이에 침묵을 지키던 한 거지가 무릎을 탁 쳤다.

"목숨이 위험할지 모르지만 보수가 짭짤한 일이 있지. 눈 딱 감고 해볼 텨?"

"무슨 일입니까?"

"지금 종천객점에 무림인들이 모여 있거든. 잡부 몇이 급히 필요한 모양이야. 태산으로 간다고 하던데 생각은 있나?"

"에끼. 이 친구가 고작 생각한 게 그건가?"

고두식이 말을 꺼낸 거지의 허벅지를 찰싹 때렸다.

그는 손사래를 치며 절대 그 일을 맡지 말라고 일렀다.

"그 사람들 따라갔다간 기루보다 황천길에 먼저 갈지도 몰라. 못 들은 걸로 하게."

"그래도 자세히 말씀해 주세요. 판단은 제가 내려 볼게요."

고두식은 혀를 차면서도 잡일에 대해 말해주었다.

종천객잔에 있는 무림인은 총 삼십 명 가까이 되었다.

거기에는 이류급과 일류급 호위무사가 섞였으며 개중에는 화산의 후기지수 중 한 명인 현옥진도 포함되었다.

그들은 청하산을 넘어 태산까지를 목적지로 삼고 있었다.

"그렇게 고강한 사람들이 있는데. 어찌 목 달아날 걱정을 합니까?"

총운이 누룩주를 들이키며 어깨를 으쓱했다.

"문제는 이 사람들이 청하산을 넘으려고 한다는데 있지. 청하산 소문을 못 들었나?"

"하북을 찾은 지 오랜만이라 뜬소문은 알지 못합니다."

"뜬소문이 아니라네. 청하산에는 무시무시한 마도방파가 있어. 흑철문(黑鐵門)이라고 하는 놈들인데 손속이 잔인하기로 유명하지. 우두머리가 두 명인데 한 녀석은 혈쌍도 월령귀이고 다른 한 놈은 흑비도 모손철이야."

고두식은 몸을 부르르 떨며 말을 이었다.

"어쨌든 청하산을 향하는 무리에 따르는 건 위험하네. 몇 몇 협객이 그들을 척살하러 갔다가 오히려 주검이 되어 돌아 왔지. 화산의 후기지수가 있더라도 무슨 변통을 당할지 몰라."

"말씀 잘 들었습니다."

총운은 술자리를 정리하고 도심으로 나왔다.

그가 향한 곳은 물론 종천객잔이었다.

선배들이 겁을 주었다고는 하나 일을 포기할 생각은 없었다.

하나는 그와 방향이 같다는 점이었고 다른 하나는 마두에 대한 호기심 때문이었다.

'이번 기회에 꼭 봤으면 좋겠는데.'

총운은 오히려 월령귀와 흑비도를 마주치기를 바랐다.

스승과 유람하는 동안 단 한 번도 사마세력과 마주칠 일이 없었다.

사파에 대한 그의 지식은 단지 패도적이고 사악한 술수로 사람을 홀린다는 것뿐이었다.

생각을 하면서 걷는 사이 객잔에 도착했다.

"태산으로 가는 일꾼을 뽑는다고 들었는데요. 그분들은 혹시 어디 계십니까?"

"이 층으로 가 봐."

점소이는 내뱉듯이 말하고 탁자를 치웠다.

총운은 곧바로 계단을 올랐다.

이 층에는 총 세 무리의 패거리가 있었다. 그중 무공을 익혔으리라고 보이는 패는 창가 쪽에 있었다.

청포를 걸친 귀공자와 고운 용모의 소저 둘이 하하호호 잡담을 나누고 있었다.

총운은 일부러 기척을 내며 그들에게 접근했다.

"안녕하십니까? 일꾼을 뽑는다고 해서 왔습니다."

"일꾼을 뽑는 것은 맞습니다만 행색을 보아하니 거지 같은데."

"보는 눈이 있으시군요. 거지가 맞습죠."

그의 농담에 두 여인이 웃음을 터뜨렸다.

분위기가 누그러진 것을 틈 타 총운은 세 사람을 쓰윽 훑었다.

행색과 용모를 보아하니 모두 범인은 아닌 것 같았다.

특히 청년은 심후한 진기를 잘 갈무리하고 있었다.

고두식이 말한 화산파의 후기지수가 바로 이 청년이리라.

'어라. 낯이 익이 익은데?'

총운의 시선이 창가에 붙은 여인에게 고정됐다.

여인의 눈썹은 반달처럼 휘었으며 앵두 같은 입술이 매력적이었다.

이 여인을 과연 어디서 봤을까.

"초면에 상대를 뚫어져라 보는 건 실례 아니오?"

현옥진이 불쾌한 듯 미간을 찌푸렸다.

"언니한테는 하루 이틀 있는 일도 아닌데요. 뭐. 거지 씨는 한발 늦었어요. 이 언니는 다음 달에 혼례를 올리니까요."

백화린이 피식 웃으며 말했다.

"하하. 그러십니까? 그건 그렇고 일자리는 얻을 수 있을까요?"

"우리는 일꾼을 뽑는 것이지 거지를 뽑는 것이 아니오."

현옥진이 에둘러 거절했다.

"공자님. 일꾼이 거지가 될 수도 있고 거지가 일꾼이 될 수도 있습니다. 그 쓰임은 하늘이 정하는 것입죠."

총운의 한마디에 백옥진은 꿀 먹은 벙어리가 되었다.

이야기를 듣던 두 여인도 놀라며 서로를 응시했다. 평범한 거지가 할 말이 아니었던 것이었다.

그 사이 근육이 단단한 육척(六戚)의 사내가 나타났다.

그는 백옥진 일행의 호위대장인 황보옥이었다.

황보옥은 총운의 어깨를 거칠게 밀쳐 냈다.

"감히 어느 안전이라고 구걸이냐? 거지놈이 그렇게 눈치가 없느냐?"

황보옥은 객잔이 떠나갈 듯이 소리쳤다. 이에 백화린이 그를 말렸다.

"일을 찾으러 온 분이에요. 너무 함부로 대하지 마세요."

"이 거지가 일을 찾는단 말씀이십니까?"

황보옥은 총운의 행색을 훑더니 미간을 찌푸렸다.

머리는 기름 범벅이 되어 사방으로 뻗쳤으며 적삼에는 때가 꼬질꼬질하게 꼈다. 몸에서 나는 악취 또한 이루 말할 수 없었다.

"일단 나가자."

황보옥이 쿵쾅거리며 앞장섰다.

객잔을 나온 두 사람은 서로를 마주했다.

"일단 허우대는 멀쩡해 보이는데. 일은 잘할 수 있겠느냐?"

"물론이죠. 빌어먹은 것도 많아 힘도 넘쳐 납니다."

"우리는 청하산을 질러 태산으로 향할 것이야. 청하산이 어떤 곳인지는 들어봤겠지?"

"마두 무리가 있다고 들었습니다. 하지만 이렇게 늠름한 무사가 계시는데 어찌 감히 손속을 대겠습니까."

총운이 청산유수로 입을 놀렸다.

하나 황보옥은 쉽게 결단을 내리지 못했다.

일꾼이 부족하기는 했으나 거지를 뽑자니 내키지 않았다. 만약 그를 받아들였다간 다른 일꾼들이 불평을 하며 떠날 수도 있었다.

"제가 거지라는 것이 마음에 걸리십니까?"

총운은 정곡을 찔렀다. 그도 황보옥이 고심하는 바가 무엇인지 잘 알고 있었다.

"저는 힘이 장사입니다. 잡일은 다 저에게 맡기시면 됩니다."

"증명할 수 있느냐?"

"실례가 되지 않는다면 갖고 계신 대도를 주시겠습니까?"

무림인은 본래 자신의 무기를 함부로 남에게 주지 않는다. 고민하던 황보옥은 곁에 있던 수하의 대도를 건넸다.

총운은 대도를 받아들고 이를 한 손으로 쥐었다.

휘이이익.

대도가 허공을 갈랐다.

언뜻 보면 취한 사람이 엉성하게 검을 휘두르는 듯도 했다.

궤적이 엉망이었으며 검이 움직일 때마다 총운의 몸도 딸려갔다.

'이야. 속이는 것도 쉽지 않구나.'

총운은 혀를 차며 연기를 계속했다.

사실 대도는 전혀 무겁지 않았다.

마음만 먹으면 손가락 사이에 낀 채로 휘두를 수도 있었다. 다만 실력을 드러내고 싶지 않았던 것뿐이었다.

개구리를 잡는데 굳이 활시위까지 당길 필요는 없으니까 말이다.

"대장님. 거지랑 노시는 겁니까? 일꾼을 하겠다고 몇 명이 더 찾아왔습니다."

호위무사 중 한 명이 다가왔다. 그는 황보옥을 한 번 힐끔 한 뒤 총운을 응시했다.

"거지야. 망나니짓 그만하고 꺼져라."

"아서라. 이 아이는 우리의 일꾼이다."

황보옥은 일갈을 한 뒤 총운의 검무를 중지시켰다.

그는 이미 총운이 보통 거지가 아님을 간파했다..

'대도를 한 손으로 들다니. 게다가 팔에는 미동도 없었 어.'

"감사합니다. 그럼 출발은 언제하나요? 금전 문제도 궁금 한데요."

총운은 실실 웃었다.

"출발은 내일이고 보상은 은자 다섯 냥이다. 출발할 때 석 냥을 주고 목적지에 도착하면 두 냥을 얹어주마."

"분부가 있겠습니까? 그럼 내일 미시에 다시 오겠습니다."

총운은 휘적거리며 객잔을 벗어났다. 돌아서는 그의 얼굴 엔 달덩이 같은 미소가 걸렸다.

일꾼으로 들어간 것은 확실히 남는 장사였다.

행선지가 거의 일치했으며 가는 동안 여비와 음식 걱정도 할 필요가 없었다. 거기에 웃돈까지 받으니 이보다 좋은 자리가 어디 있겠는가.

장터로 향하던 총운은 문득 객잔에서 봤던 여인을 떠올렸다. 아리따운 자태의 여인은 분명 누군가를 닮았었다. 특히 앵두같이 도드라진 입술은 더더욱.

"…설마 아니겠지?"

총운은 설레설레 고개를 저었다.

그가 생각한 인물과 여인이 동일인물인 확률은 희박했다.

그녀도 아름답기는 했지만 객잔의 여인은 절세가인이라 불려도 손색이 없었다.

"아닐 거야. 암. 그렇고말고."

그는 휘적휘적 장터로 향했다. 아까 보았던 어린 거지에게 가는 길이었다. 새파란 그에겐 아직 많은 가르침이 필요할 것이다. 스승이 자신에게 그러했던 것처럼 총운도 그 아이에게 거지의 길을 보여줄 것이다.

경쾌하게 휘파람을 부는 총운.

무림의 전설이 될 거지의 행보는 이제 막 시작되었을 뿐이다.

第八章　뜻밖의 재회

태평촌 광장에 수많은 사람이 집결했다.

말을 탄 늠름한 무사들이 행렬 앞쪽에 버텼으며 허리 부분에는 용무늬가 새겨진 고급스런 마차가 섰다.

그 뒤로는 식재료와 생필품을 실은 짐수레가 대기했으며 최후방에는 다시 무사들이 자리했다.

태산으로 향하는 백옥진 무리였다.

'드디어 출발이구나.'

총운은 짐수레 턱에 몸을 기댔다.

그의 가슴은 어린아이처럼 두근거리고 있었다. 이처럼 많은 사람과 여행을 하는 것은 처음이었다.

짐수레에는 그 이외에도 다섯의 사내가 더 있었다.

대부분이 삼십 줄을 넘어 보였으며 총운과 멀찍이 떨어져 있었다.

그들은 총운을 좋아하지 않았다.

무엇보다 용모가 꾀죄죄했기 때문이다. 하나 총운은 전혀 개의치 않았다.

거지에겐 육신의 때를 지우는 것보다 마음의 때를 지우는 것이 더 중요했다.

게다가 용모에 집착하면 타인의 마음을 살피는 데 소홀해진다.

"출발합니다!"

선두에 있던 황보옥이 우렁차게 소리쳤다.

이에 행렬이 서서히 이동을 시작했다.

말발굽 소리가 지축을 울리며 주변으로 자욱한 흙먼지가 일었다.

짐수레에 탔던 일행들은 하나같이 기침을 내뱉었다.

"이러다 멀미하겠어."

"누가 아니래. 마두가 아니라 마차 때문에 죽겠어."

그새 친해진 두 중년인이 대화를 주고받았다.

확실히 짐수레의 탑승감은 최악이었다.

짐칸은 파도처럼 요동쳤으며 돌이 밟힐 때는 뒤뚱하고 기울기까지 했다.

함께 실린 식자재와 집기들 역시 들썩거리기 일쑤였다. 이러한 현상은 산길로 들어서면서 더욱 심해졌다.

일행 중 평화로운 모습을 보인 것은 총운뿐이었다.

그는 취건추의 수법으로 단단하게 몸을 고정했다. 한낱 수레의 진동 따위가 그를 흔들 수는 없었다.

'그러고 보니 본가의 문제가 있었군.'

총운은 씁쓸한 표정으로 하늘을 응시했다.

현옥진 무리의 목적지는 태산이었다.

태산에는 다름 아닌 제갈세가가 있었다. 이대로 여정이 계속된다면 세가에 들르는 것도 피할 수 없을지 몰랐다.

그가 없는 사이 가문에는 과연 어떤 일이 벌어졌을까.

부모님은 안녕하시고 형제자매들은 모두 건강한 걸까.

가족 생각을 하니 가슴 한편이 무거워졌다.

가출을 한 지도 어언 십여 년이 흘렀다.

그동안 그들이 겪었을 고충은 말로 다 표현할 수 없을 것이다.

총명하던 막내가 하루아침에 사라졌으며 이후엔 아무런 소식도 없었다.

특히 그를 황궁의 책사로 키우고 싶었던 아버지 제갈옥룡의 상심은 말로 다할 수 없었을 것이다.

'한번 들르는 것도 나쁘지 않겠어.'

총운은 마차에 몸을 기댔다.

일행은 반나절을 달려 미산현 부근에 도착했다.

구릉지대에 들어서자 울창한 삼림이 모습을 드러냈다.

길옆으로는 거목들이 **빽빽**하게 늘어섰으며 뱀처럼 굽은 거대한 하천도 흘렀다.

한 무리의 산새가 일행의 머리 위를 활공하기도 했다.

"잠시 휴식. 일꾼들은 식사 준비를 합시다."

황보옥의 외침과 함께 행렬이 멈췄다.

이에 총운을 비롯한 일꾼들이 바빠졌다.

이들이 해야 할 일은 사전에 나뉘어졌다.

주방장을 비롯한 요리 보조가 두 명이었고 총운과 강칠상이라는 사내가 물을 길어야 했다.

"가죠."

총운은 물동이를 짊어지고 앞장섰다.

일다경 정도 걸으니 널따란 하천이 모습을 드러냈다.

총운은 물을 한 모금 마신 뒤 캬아아 하고 소리를 냈다. 목이 말라서 그런지 물이 꿀맛과 같았다.

"자네 참. 표정이 밝구만."

강칠상은 총운을 보더니 미소를 지었다. 웃을 때 인자한 느낌의 팔자주름이 졌다.

"죽상을 써도 돌아오는 게 없잖아요? 기왕이면 유쾌하게 사는 거죠."

"거지가 부러운 건 처음이야. 허허."

"부러우면 지는 겁니다."

총운 역시 농담으로 응수하며 환하게 웃었다.

"수레에선 계속 염주팔찌로 보고 계시더군요. 이유를 여쭈어도 될 까요?"

"그것까지 보고 있었나?"

강칠상은 쓴웃음을 지었다.

"딸내미가 준 것이지. 부잣집 첩으로 팔려가면서 말이야. 부처님의 도리가 통하면 분명 다시 볼 수 있다고 했던가. 그땐 고 어린 것에게 위로를 받았지."

"죄송해요. 괜한 걸 물어서."

"아니네. 오히려 말하고 나니 속이 시원하구먼."

강칠상이 물동이에 물을 받았다.

기합을 내며 일어나는데 몸이 기우뚱했다. 물동이의 무게를 견디지 못한 것이다.

그는 체구가 작은데다가 등이 다소 굽었다. 팔다리까지 가늘어 막일에는 부적합해 보였다.

총운은 재빠르게 부축하여 그가 바로 서도록 도왔다.

"손이 의외로 단단하시네요."

"손 말인가?"

강칠상이 머쓱한 표정으로 머리를 긁적였다.

강칠상의 손은 확실히 범부의 손과 달랐다.

손끝마디는 완전히 닳아 있었으며 손가락 관절마디도 굵직굵직했다.

가까이서 보니 손목에서부터 하완부까지는 말처럼 단단한 근육이 자리 잡았다.

"일단 물부터 나르는 게 어떤가? 늑장 부리다간 우리 끼니까지 다 먹어버리겠어."

강칠상이 휘청거리며 앞장섰다.

총운은 어깨를 으쓱한 뒤 뒤를 따랐다.

식사는 두 사람이 하천을 다섯 번 정도 오간 뒤에 시작되었다.

현옥진을 비롯한 화산파의 제자들에게 먼저 음식이 주어졌고 나머지 무사들은 공터에 서서 배식을 기다렸다.

점심은 고추와 돼지고기를 섞은 주먹밥 두 덩이와 부추잡채, 달걀탕이었다.

특히 달걀탕은 고소한 냄새를 퍼뜨리며 식욕을 자극했다.

"식사는 미리 빼놨으니 배식하고 나서 먹어."

주방장은 수풀 아래 놓인 음식을 가리켰다. 그리고 자신의 무리를 끌고 어딘가로 향했다.

"국통은 내가 들겠네. 사실 물은 자네 혼자 기른 거나 진배 없으니까 말이야."

강칠상이 팔을 걷어 올리고 국통을 들었다. 그는 아까처럼 휘청거리며 무사들을 향했다.

총운은 남은 반찬통을 챙긴 뒤 그와 나란히 걸었다.

배식은 일각 만에 끝났고 두 사람은 그제야 식사를 들 수 있었다.

"이야. 맛있네요."

총운은 게 눈 감추듯 주먹밥과 잡채를 삼켰다.

주방장이 사천 출신이라서 그런지 음식이 매콤하고 향신료의 맛도 강했다.

탕을 들이키던 총운이 순간 멈칫했다.

"…혹시 상한 계란이 들어갔나?"

달걀이 고소하게 퍼지는 동시에 묘한 쓴 맛이 느껴졌다.

강호를 주유하며 갖가지 진미를 맛본 그였다. 미각도 보통 사람에 비해 날카로운 편이었다.

"아저씨는 어때요?"

"글쎄다. 한번 먹어볼까?"

강칠상은 달걀탕을 한 번에 들이키고는 만족스런 미소를

보였다.

"맛만 있구먼. 혹시 나 몰래 딴 거 먹은 것 아니야?"

"제가 착각했나 봐요."

총운은 멋쩍게 웃은 뒤 탕을 모두 들이켰다.

두 사람은 식사가 끝난 뒤에도 자리를 지켰다.

남은 잔반과 식기를 치우는 것도 둘의 몫이었다.

무사들이 하나둘 자리를 정리하는데 멀리서 백화린이 다가왔다.

"혹시 호위대장님 못 봤나요?"

"이쪽으로 오시진 않았어요."

"그래요?"

백화린은 어깨를 으쓱한 뒤 총운을 내려다보았다. 얼굴엔 개구쟁이 같은 묘한 장난기가 어려 있었다.

총운은 깨달았다. 황보옥을 찾았던 것은 단지 구실에 불과한 것이라고.

"말하는 것도 그런 것도 생긴 것도 그렇고 거지로 지내기엔 아까운 것 같은데. 어떻게 하다가 거지가 된 거죠?"

"거지가 과거를 팔 땐 동냥 거리가 떨어졌을 때뿐입죠. 아마 제 입으로 들을 일은 없을 겁니다."

"참. 지조 있는 거지네요. 수통 좀 주실래요?"

총운은 말없이 수통을 건넸다.

이에 백화린이 수통에 물을 따라 손수건을 적셨다. 그리고 다짜고짜 총운의 땟물이 진 얼굴을 닦았다. 이리저리 고개를 틀었지만 소용없었다.

백화린의 집념은 총운을 훨씬 넘어섰다.

"역시 내 예상이 맞았어."

백화린은 깨끗해진 총운을 보며 만족스럽게 웃었다.

그저 얼굴을 닦았을 뿐이었지만 총운의 용모는 종전과 백팔십도 달랐다.

총기가 서린 눈동자와 우뚝 솟은 콧날.

무엇보다 하얀 살결이 드러나면서 미남자의 풍모가 드러났다.

"봐 봐요. 이렇게 하는 편이 훨씬 깔끔하고 좋잖아요.

"소저는 얼굴뿐만 아니라 마음씨도 곱군요. 친히 거지의 얼굴을 닦아주다니."

총운이 피식 웃으며 말을 이었다.

"혹시 제게 마음이 있으십니까?"

"무슨 소리예요? 그냥 얼굴이 아깝다는 생각을 했을 뿐이에요."

백화린이 볼을 붉히며 고개를 획 돌렸다.

토라지는 모습이 마치 어렸을 적의 자신을 보는 것 같았다.

총운은 껄껄 웃고 싶은 것을 간신히 참았다.

"소저를 위해서라도 앞으로 얼굴은 제대로 씻고 다니겠습니다."

"마음대로 하세요."

백화린이 후다닥 자리를 떴다.

당황한 나머지 총운의 얼굴을 닦아주었던 손수건도 바닥에 떨어뜨렸다.

총운은 손수건을 주워들고 인자한 미소를 지었다.

문득 여정이 그리 심심하지는 않겠다는 생각이 들었다.

＊　　　＊　　　＊

밤이 찾아왔다.

새까만 하늘에는 별들이 알알이 박혔으며 그 중앙으로 넉넉한 만월이 떴다.

시원한 바람 줄기가 야영장을 훑었으며 밤벌레의 울음이 적적함을 달랬다.

총운은 야영장에서 떨어진 공터에 있었다.

그는 시린 달빛을 받으며 운기조식을 하고 있었다.

날숨과 들숨의 한 호흡에 범인들은 상상도 못할 진기가 쌓여갔다.

"오늘은 여기까지다."

총운은 가부좌를 풀고 기지개를 폈다. 온몸이 찌르르 울리고 나니 곧 시원해졌다.

그는 시린 달빛을 받으며 바닥에 대자로 뻗었다.

스승이 세상을 떠난 후 무공을 돌봐줄 사람이 없었다. 그래서인지 조화경의 경지를 넘기 위해 무엇을 해야 할지 몰랐다.

개방의 각종 무예는 칠 성 가까이 연마했으며 항룡십팔장 역시 오 성에 가까운 성취를 보였다. 하지만 아쉽게도 거기까지였다.

총운은 벽에 부딪혔다.

절기를 연마한다 하여도 진일보 할 수 없음을 어렴풋이 느끼고 있었다.

지금 필요한 것은 오로지 깨달음이었다.

각 무예를 관통할 수 있는 현묘한 이치.

이를 깨치지 못한다면 언제까지고 제자리걸음을 하게 될 것이다.

'좀 더 곁에 계셨다면 좋았을 텐데.'

총운은 쓴웃음을 지었다.

벽을 느낄 때마다 스승이 간절했다.

그가 함께였다면 좀 더 높은 곳까지 디뎌볼 수 있었을 것이다.

'안 돼. 정신 차리자.'

충운은 벌떡 일어나 두 볼을 찰싹 두들겼다.

벽에 부딪혔다고 해도 마냥 놀 수는 없었다. 그것은 하늘에 있는 스승을 욕되게 하는 것이기도 했다.

그는 스승이 했던 말들을 골똘히 되새김질 해보았다.

"분명 너는 강하다. 하지만 바로 그 강함이 족쇄가 되고 있단다. 개방의 무공에 가장 큰 무기는 바로 자유로움이야."

불연 듯 입적하기 전에 하신 말이 떠올랐다.

충운은 스스로를 돌아보았다. 스승과 비무할 때 자신은 어떠했는지를.

어떤 신법을 쓰고, 어떤 장법을 썼는지, 그리고 공격하는 형태는 어땠는지 말이다.

찬찬히 돌아보니 희미하게 무언가를 알 듯도 했다.

그는 내공을 실은 힘 위주의 공격을 펼쳤다.

공격수단은 대부분이 장이었고 신법도 쾌에 기반을 둔 만리추풍신법을 즐겨 썼다.

반면 스승은 내력이 담긴 공격을 좀처럼 사용하지 않았다. 상대의 힘을 역이용하거나 허를 찌르는 몸동작으로 승기를 잡아냈다.

충운이 강공(强攻)과 쾌(快)에 중점을 두었다면 스승은 이를 유(柔)하게 받아넘겼다.

그가 말한 개방 초식의 자유로움은 이를 뜻하는 듯했다.

'그래. 앞으로는 이걸 연마해 보자.'

총운은 그간 소홀히 했던 취배고와 망월취를 연마하기로 마음먹었다.

두 무공 모두 취권류의 하나로 예측할 수 없는 움직임이 일품이었다.

단 취배고가 서서 펼치는 무공이라면 망월취(忙月醉)는 눕거나 앉아서 사용하는 무공이었다.

특히 망월취는 최근 스승과의 비무에서 쓴맛을 안기기도 했다.

쉬이이익—

야영장으로 돌아가는 찰나 묘한 소리가 포착됐다.

공기가 날카롭게 찢기는 걸 보면 누군가 검을 휘두르는 듯했다.

총운은 조심스럽게 소리의 근원지로 향했다.

공터에서 조금 떨어진 둔 턱에는 현옥진이 있었다.

그는 홀로 검무를 추고 있었다. 몸동작은 가볍고 우아했으며 손에 든 보검에선 시린 달빛이 반사됐다.

검사위는 마치 한 마리의 나비처럼 아름답고 강렬했다. 화산파의 후기지수라는 이름이 아깝지 않을 정도였다.

'한번 붙어보고 싶다.'

그를 보고 있자니 비무를 하고픈 강렬한 욕구가 일었다.

사실 총운은 스승 개걸취 이외에는 누구와도 겨뤄본 적이 없었다.

또래의 고수를 만나니 호승심이 일어나는 것도 당연했다.

총운은 당장에라도 기척을 내보이고 비무를 신청하고 싶었다. 하지만 이를 꼭꼭 눌러 참았다.

그는 무예를 닦는 무인이기도 했지만 그 이전에 거지였다.

쓸데없이 자신을 내보려 우환을 만들 필요가 없었다.

대신 총운은 현옥진 앞에 선 자신을 상정했다. 가상으로나마 붙어보고 싶었던 것이다.

그의 몸과 마음은 어느새 현옥진의 날카로운 검격 앞에 놓였다.

'우측에서 사선으로 내리긋는 일격. 이건 변초야. 여기서 가로 베기로 바뀔 거고.'

총운은 무아지경의 상태로 현옥진의 검을 받아냈다.

그는 취팔선보를 밟으며 갈지자로 상대의 품에 파고들었다.

하나 그 자리를 예상했다는 듯 현옥진의 찌르기가 가슴을 뻗어왔다.

'여기서는 망월취로 앉은 뒤 백월신장.'

총운은 제자리에 풀썩 주저앉은 뒤 일어서며 장을 뻗었다. 이에 현옥진이 환영을 뿌리며 총운의 배후로 돌아섰다.

화산이 자랑하는 청운신법(靑雲神法)을 사용한 것이다.

기회를 잡은 현옥진의 검끝에 자색 기운이 맺혔다. 내공을 불어넣어 절기를 펼치려는 것이다.

매화란구주(梅畵亂九鑄).

쾌검은 아홉 개의 매화가 되어 동시에 총운을 덮쳤다. 그 검격 하나하나가 심후한 내공이 담긴 실초였다.

매화란구주는 현옥진이 펼칠 수 있는 최고의 절기였다.

보통 사람이라면 이에 기겁하여 병기를 떨어뜨렸을 지도 몰랐다.

하나 상대는 이미 조화경에 들어선 총운이었다.

'이 정도로는 안 되지.

총운의 눈이 반짝였다.

그에게는 매화란구주를 깨트릴 방법이 무려 세 가지나 보였다.

총운은 그중 한 가지를 택하였다.

그것은 바로 타구봉을 이용하는 것이었다.

그의 손에서 타구봉이 벼락처럼 뿜어졌다.

타구봉은 신묘한 궤적을 그리며 검의 길을 뚫어냈다.

다섯 수의 검격이 무너지며 매화검법은 급속도로 힘을 잃었다.

스으으윽.

기다란 죽창은 어느새 목덜미에 닿았다.

타구봉의 출수가 매화구주란에 세 배 이상 빨랐던 것이다.

총운은 돌아서며 보름달 같은 미소를 지었다.

'화려하지만 실속 없는 매화다. 아직 덜 여물었어.'

*   *   *

여정은 평화로웠다.

호위무사가 많은데다가 화산의 기재가 포함된 행렬을 건드릴 자는 감히 없었다.

시골 산도적과 녹림 무리는 오히려 그들을 피하기 바빴다.

그쯤에서는 청하산에 있다는 마두에 대한 긴장감도 눈 녹은 듯 사라졌다.

"아무래도 마두들까지 꼬리를 말고 도망칠 것 같은데?"

강칠상이 너털웃음을 터뜨렸다.

동의한다는 듯 요리사 패거리도 조용히 고개를 끄덕였다.

하지만 현옥진 무리를 괴롭히는 것이 딱 한 가지 있었다. 그것은 바로 폭염이었다. 중복이 가까워지면서 무더위가 기승을 부렸다.

태양빛은 용광로처럼 들끓었으며 바람도 후덥지근했다. 말에 탄 무사들도 땀을 닦으며 옷을 펄럭이기 일쑤였다.

"잠깐 쉬었다 갑시다. 정지."

황보옥이 소리쳤다.

이에 무사들은 말을 세워두고 산 깊숙한 곳으로 들어갔다. 물소리를 듣고 계곡으로 향하는 것이었다.

"우리도 가자고."

"네."

강칠상의 독촉에 총운은 마지못해 일어났다.

사실 그는 마차를 타고 이동하는 것이 더 좋았다. 열기 따위는 간단한 운기로도 날릴 수 있었다.

무엇보다 흔들리는 마차에 있는 것이 수련에 큰 도움이 됐다.

새롭게 익히고 있는 취배고와 망월취.

이 두 무공의 핵심은 취한 듯 비틀거리면서도 중심을 잃지 않는 것이었다.

그런 면에서 짐수레의 흔들림은 좋은 수련이 되었다. 수레는 불규칙적으로 덜컹거렸고 총운은 그 속에서 중심점을 찾았다.

이것만 잘 숙달된다면 그 어떤 자세에서도 두 무공의 초식을 사용할 수 있었다.

'아쉽지만 어쩔 수 없지.'

총운은 쩝쩝거리며 강칠상의 뒤를 따랐다.

계곡에는 무리들 전원이 모여 있었다. 태평촌에서 출발할 때를 제외하면 처음 있는 일이었다.

거목이 늘어선 계곡 자락엔 널따란 그늘이 쳐졌다. 시원한 바람이 불어 얼굴을 씻었으며 어디선가 매미소리도 들려왔다.

커다란 암석 아래에선 현옥진과 무리들이 천에 발에 담갔다.

그 아래 무사들은 세수와 등목을 하며 더위를 삭이고 있었다.

총운과 강칠상도 바위에 앉아 휴식을 취했다.

"이야! 잡았다. 잡았어."

"오늘 저녁은 탕을 먹으면 되겠어."

한 무리의 무사가 껄껄 웃으며 잡은 생선을 들어 올렸다. 그것은 커다란 성인 팔뚝만 한 열목어였다.

그들을 물끄러미 보던 총운은 퍼뜩 손수건을 떠올렸다.

백화린이 놓고 간 때 묻은 손수건이었다. 손수건은 아직 호주머니에 있었다.

"아직 주인을 못 찾았군."

총운은 짐수레로 돌아가 그릇을 닦는 약초 가루를 챙겼다.

그리고 가루와 물을 섞은 뒤 열심히 손수건을 비볐다.

돌판에 박박 문대니 찌든 때도 금세 빠졌다.

날이 더워서 그런지 물기도 일각 만에 증발했다.

총운은 돌 틈을 거슬러 현옥진 무리로 향했다.

그들은 계곡 물에 발을 담근 채 잡담을 나누고 있었다.

총운은 기침을 하며 기척을 냈다.

"안녕하십니까? 계곡 물이 시원해서 더위가 싹 가시는 느낌입니다."

그는 너스레를 떨며 말을 건넸다.

갑작스런 총운의 등장에 세 사람이 눈을 동그랗게 떴다.

총운는 이를 대수롭지 않게 넘기며 손수건을 꺼냈다.

"손수건이 소저의 마음만큼이나 깨끗해졌습니다. 제가 가지고 있기엔 너무 과분한 물건이군요."

"아. 고마워요."

백화린이 볼을 붉히며 손수건을 받았다.

이를 지켜보던 현옥진이 얼굴을 찡그렸다. 동생과 거지 사이에 자신이 알지 못하는 사건이 있었던 모양이다.

이는 결코 유쾌한 상황이 아니었다. 한낱 거지가 감히 자신의 동생을 넘보다니.

"냄새가 나니 어서 돌아가시오."

"잠깐만요. 저는 잠깐 이야기하고 싶은 게 있는데요."

백화린 옆에 있던 여인이 그를 붙잡았다.

그녀와 눈이 맞는 순간 총운은 찌르르 전기가 오는 것을 느꼈다. 이상하게도 여인을 볼 때마다 그 사람의 얼굴이 겹쳐졌다.

"시누이에게 들었어요. 성함이 총운이라고 하시던데요."

"맞습니다. 총명한 구름이라는 뜻이죠. 거지에게는 과분한 이름이지만요."

"그거 참 우연이네요. 집을 나간 동생과 이름이 같거든요."

여인의 말이 가슴을 파고들었다.

총운은 심장이 쿵쾅쿵쾅 뛰는 것을 멈출 수 없었다.

그녀의 말을 있는 그대로 해석하다면 그 정체는 생각할 필요도 없었다.

갑자기 등골이 서늘하고 손에서는 땀이 났다.

설마 이런 식으로 그녀를 만나게 될 줄이야.

"실례지만 나이는 어떻게 되시죠?"

"올해로 스물셋입니다."

"나이도 비슷하고. 용모도 동생과 무척 닮았네요. 혹시 손등을 좀 볼 수 있을까요?"

"아. 죄송합니다. 일행 중에 저를 기다리고 있는 사람이 있어서요."

총운은 황급히 자리를 피했다.

그에게는 아직 그녀를 대할 마음의 준비가 필요했다. 만남이 생각보다 극적이었기 때문이다.

돌아서는 그의 귓가에 백화린의 한 마디가 흘렀다.

"유화 언니. 설마 동생이 거지가 됐을려구요."

그랬다. 여인의 정체는 바로 그의 넷째누이 제갈유화였다.

*   *   *

여정은 평화롭게 흘러갔다.

현옥진 무리는 예정대로 미산현을 지나 대동호를 지났다.

대동호의 길고 푸른 물결과 함께 달릴 땐 많은 이가 감탄을 터뜨리기도 했다.

병에 걸리거나 몸이 불편한 사람은 없었다.

식료품이 넉넉했던 만큼 음식걱정을 할 필요도 없었다.

"참으로 놀랄 노자구나."

총운은 탄식을 하며 앞서가는 마차를 응시했다. 안에 타고 있을 누이를 생각하는 것이다.

그는 머리부터 발끝까지 뿌리째 흔들리고 있었다. 설마설마 했지만 그녀가 넷째누이인 제갈유화일 줄은 몰랐다.

'정말 내가 알던 누나가 맞는 거야?'

그녀의 용모를 떠올리자 절로 황홀한 기분이 되었다.

중원을 유랑을 하는 동안 유화는 못 알아볼 정도로 아름다워졌다.

어렸을 때도 예쁘장하긴 했지만 지금처럼 설부화용(雪膚花容)의 자태를 뽐내지는 않았다.

한편 총운은 한 무사를 통해 제갈유화에 대한 이야기를 듣기도 했다.

제갈유화는 화산파 장문인의 장남과 혼약이 예정되었다.

지금은 시댁 식구들의 얼굴을 익힌 뒤 다시 돌아가는 길이었다.

현옥진과 백화린이 그녀 곁에 찰싹 붙은 것도 그제야 이해가 갔다.

'옥팔찌를 사달라고 조르던 게 엊그제 같은데. 벌써 혼약이라니.'

총운의 얼굴에 희미한 미소가 어렸다. 더불어 했던 추억이 방울방울 떠올랐다.

이제 해결해야 할 문제는 단 하나였다.

과연 어느 시점에 자신의 정체를 밝히느냐였다.

어차피 세가에 들릴 생각이었으니 끝까지 정체를 숨길 생각은 없었다.

더불어 유화는 이미 자신을 의심하고 있었다.

손등에 난 화상자국을 보면 이것이 드러나는 것도 시간문
제였다.

'기다리다 보면 다시 기회가 오겠지.'

총운은 수레에 몸을 기댔다.

누이와 함께 여정을 한다고 생각하니 마음이 포근해졌다.

第九章 거지 활약하다 一

달그닥달그닥.

짐수레가 흔들리며 청하산에 접어들었다.

길옆으로 늘어선 고목들이 짙은 그림자를 드리웠다.

한줄기 바람이 나뭇가지를 흔들며 으스스한 분위기를 자아냈다. 또한 습한 공기가 피부에 스며들어 불쾌하기 그지없었다.

혈쌍도 월령귀와 흑비도 모손철이 이끄는 흑도방파 흑철문의 거점.

산에 들어선 것만으로도 분위기는 백팔십도 바뀌었다.

호위무사들은 긴장한 기색으로 검을 만지작거렸다. 혹시 모를 암습 때문에 시선도 분주해졌다.

"별일 없을까요?"

총운은 강칠상을 보며 말했다.

"산에 있다는 마두 때문인가? 걱정이 안 된다고 하면 거짓말이겠지."

강칠상은 쓴웃음을 지으며 말을 이었다.

"하지만 흑철문이라 해도 감히 우리를 건드리진 못할 거야. 흑철문은 작은 방파네. 두 마두들이 이끄는 병력도 고작 마흔 명 남짓이지. 당했다고 하는 협객들도 대부분 명성을 얻고자 한 뜨내기였어."

"아쉽네요. 기왕이면 직접 보고 싶었는데."

총운은 입맛을 다셨다.

그는 아직 마두에 대한 호기심을 버리지 못했다.

그들이 쓰는 술수에는 어떤 것들이 있는지 궁금했다. 정파인들이 치를 떠는 악랄함이란 과연 어떤 것일까.

"재수없는 소리 말게. 똥은 피해가는 게 상책이야."

강칠상은 그렇게 말하며 산자락으로 시선을 돌렸다.

그로부터 일주일이 지났다.

현옥진 일행의 전진은 거침이 없었다.

우려했던 흑철문의 암습과 습격도 전혀 없었다.

그들을 위협했던 것이라곤 오로지 한 마리의 야생호랑이뿐이었다.

호랑이마저도 잠시 길을 막았다가 자리를 피했다.

"아무래도 흑철문보다 호랑이가 더 용맹한가 봅니다. 호랑이는 길이라도 막아서지 않습니까?"

한 무사의 농담에 일행은 너나 할 것 없이 웃음을 터뜨렸다.

일행에게 남은 것은 고개 하나뿐이었다.

반나절만 달리면 청하산을 벗어나 인근 마을로 접어들 것이다.

그때부터는 일행을 위협할 요소도 전혀 없었다.

그날 저녁.

일행은 야생 멧돼지를 잡아 식사를 했다.

장작불이 타면서 하늘 위로 연기가 뿜어졌다. 노릇노릇한 고기 냄새도 사방으로 퍼져 나갔다.

이제 흑철문의 위협을 걱정하는 이는 아무도 없었다.

앞으로 남은 것은 고개 하나뿐이었고 지형은 탁 트여 암습할 곳도 없었다.

제대로 맞붙는다면 일행이 당할 이유가 없었다.

긴장을 늦추지 않던 호위대장 황보옥마저 평소보다 들뜬

모습이었다.

훈제구이가 완성되면서 분위기는 더욱 무르익었다.

무사들은 떠들썩하게 식사를 시작했다. 그간 졸였던 마음을 풀고 이야기꽃을 피웠다.

한편 총운은 무리에서 조금 떨어진 곳에 있었다. 그는 돌터기에 앉아 달을 응시했다.

"혼자서 궁상맞게 뭐해요?"

침묵을 깬 것은 백화린이었다. 그녀는 훈제구이가 담긴 보자기를 손에 들고 있었다.

"그러는 소저야말로 어찌 거지를 찾습니까?"

"보면 몰라요? 적선하러 왔죠."

백화린은 피식 웃으며 보자기를 내밀었다.

총운은 보자기를 받아든 뒤 고기 한 점을 입에 넣었다. 쫄깃쫄깃한 것이 맛이 좋았다.

총운은 술병을 꺼내 단숨에 들이켰다. 잘 숙성된 오곡주가 입안에서 알싸하게 퍼졌다. 본래 고기에는 술을 빼놓을 수 없는 법이다.

"소저도 한잔하실래요?"

술병을 내밀자 백화란이 절레절레 고개를 저었다. 그 모습이 귀여서 총운은 저도 몰래 웃음을 터뜨렸다.

제갈유화가 곁에 있어서 그렇지 백화린도 상당한 미인이

었다.

피부는 백옥처럼 고왔으며 입술은 앵두처럼 도드라졌다. 특히 웃을 때마다 반달처럼 굽어지는 눈이 매력적이었다.

"미인이 곁에 있으니 더욱 술 맛이 납니다그려."

"미인이라니요. 유화 언니에 비하면 한참 모자라죠."

"그건 아니지요. 꽃의 아름다움에 어찌 순서를 매길 수 있겠습니까?"

총운은 슬쩍 백화린을 띄었다. 그 의미를 깨달은 백화린은 피식 웃고 말았다.

"말이 청산유수네요. 거지들은 원래 이렇게 입 발린 말을 잘하나요?"

"사람을 봐가면서 하지요."

총운은 미소를 띠며 말을 이었다.

"소저 덕분에 요새는 몸도 열심히 씻고 있습니다. 냄새도 거의 안 날 겁니다. 그죠?"

"그러네요. 진작 이렇게 하고 다니지. 그리고 할 말이 있는데요."

"말씀하세요."

"유화 언니가 총운 소협을 눈여겨보고 있어요. 자신이 잃어버린 동생일지도 모른다고요. 혹시 손등을 보여주실 수 있나요?"

"뭐 어려운 일은 아니죠. 거지 손등에 뭔 일이 있는 건 아니니까요."

총운이 양손등을 내밀었다.

그의 오른쪽 손등에는 십자모양의 흉터가 있었다. 이를 확인한 백화린이 눈을 동그랗게 떴다.

"설마 정말이에요? 총운 소협이 유화 언니가 찾는 동생이라는 거?"

"일단 그렇다고 해두죠."

"어떻게 이럴 수가 있나요? 제갈세가의 분이 집을 떠나 거지가 되다니."

"거기엔 복잡한 설명이 필요합니다."

총운은 검지를 손가락에 갖다 댔다.

"이 사실은 당분간 비밀로 해주세요. 상황을 봐서 직접 설명을 할 테니."

분위기가 어색해지는 가운데 현옥진이 이쪽으로 향했다.

그는 두 사람이 같이 있는 것을 보고 미간을 찌푸렸다.

"어서 오거라. 유화 소저가 심심해한다."

"바로 갈게요."

백화린은 놀란 기색을 감추지 못하고 곁을 떠났다.

청하산을 넘으면 모든 것을 밝히리라.

총운은 그런 생각을 하며 달을 응시했다.

그날 저녁.

밤이 깊어가고 있었다.

고요함을 깨트리는 것은 오로지 밤벌레의 울음뿐이었다.
총운은 인적이 드문 곳에서 운기조식을 하고 있었다.

달빛이 서린 그의 표정은 그다지 밝지 못했다.

'어라? 이상한데?'

몸에 문제가 있었다.

내공을 끌어올리려고 하면 묘한 기운이 이를 흩어놓았다.

이 기운은 마치 그물과도 같았다. 그래서 내공이 단전에서
솟는 것을 걸러냈다.

몇 번 더 시도했지만 결과는 마찬가지였다.

총운은 당혹감을 감추지 못했다.

분명 어제까지만 해도 운기를 하는 데 아무런 지장이 없었
다.

어째서 오늘에 와서야 이런 증상이 나타나는 걸까.

"불길한데?"

총운은 미간을 찌푸렸다.

아무래도 보통 일이 아닌 듯했다. 이러한 큰일이 자연발생
적으로 일어날 리가 없었다. 생각이 그쯤 미치자 등골이 오싹
했다.

머릿속에 떠오른 것은 바로 흑철문이었다.

배후로 생각할 수 있는 것은 오직 그들뿐이었다.

충운은 특유의 분석력으로 지난 여정을 살폈다. 몇 가지 정보가 맞아떨어지자 절로 신음이 흘렀다.

"일행 중에 첩자가 있다. 그자가 음식에 군자산(君子散)을 탄 거야."

충운은 쓴웃음을 지었다.

군자산이란 일정시간 동안 공력을 사용할 수 없게 만드는 독약의 일종이었다.

그 위력을 보면 흑철문이 사용한 군자산은 보통 군자산이 아닐 것이다.

체내에 차곡차곡 쌓여 한순간에 효과를 발휘하는 부류일 것이다.

안 그래도 매 끼니마다 국의 맛이 이상했다.

처음에는 몇 번 구설수에 올랐지만 주방장의 취향이니 하고 넘어간 게 화근이었다.

암습을 하지 않는다고 방심했건만 완벽하게 뒤통수를 맞은 것이다.

"모두가 위험해."

충운은 다시 가부좌를 틀고 운기를 시작했다.

일각이라도 빨리 독을 몰아내고 일행에 합류해야 했다.

그렇지 않으면 분명 큰 참사가 벌어질 것이다.

부엉이 소리가 그를 독촉하는 것처럼 느껴지는 것도 착각만은 아니었을 것이다.

*　　*　　*

날카로운 초승달이 하늘에 걸렸다.

한줄기 바람이 수풀을 흔들며 야영장을 휘감았다.

강칠상은 덮고 있던 담요를 거두고 몸을 일으켰다.

조금 떨어진 곳에서는 주방장 무리들이 코를 골며 잠을 자고 있었다.

"멍청한 놈들."

강칠상은 입꼬리를 말았다. 그리고 품속에 숨겨 두었던 흑색의 비도를 손에 쥐었다.

비도는 달빛을 반사하며 눈부신 빛을 뿌려댔다.

저벅저벅.

강칠상은 주방장 무리를 향했다.

굳이 기척을 죽일 필요도 없었다.

일꾼들의 잠자리는 호위무사들의 잠자리와 제법 거리가 멀었다. 비명을 지르지 않는 한 이쪽으로 올 일은 없었다.

시꺼먼 비도가 주방장의 목줄기를 향했다.

손속에 망설임은 없었다. 그 빠르기 또한 비상하는 제비에 버금갈 정도로 신속했다.

주방장은 억 하는 소리와 함께 절명했다. 동시에 목에서 시뻘건 피가 솟구쳤다.

강칠상의 얼굴엔 꽃처럼 환한 미소가 피었다.

그는 남은 두 사람의 목숨도 단숨에 끊었다.

이제 흑철문이 날아오를 날도 머지않았다.

화산파 일행을 무찌른다면 그들의 명성은 온 무림에 퍼질 것이다.

먼 미래에 흑철문은 녹림과 어깨를 견주는 흑도방파가 되리라.

"거지새끼는 또 어디로 간 거야?"

강칠상은 텅 빈 총운의 자리를 응시했다.

더러운 거지놈은 늘 밤이 되면 자리를 비웠다.

그것은 오늘도 마찬가지였다. 무얼 하는지 알 수 없으니 찜찜한 게 사실이었다.

그는 잠시 자리를 지켰다.

기왕이면 그 거지 녀석도 죽이고 싶었다. 그 녀석을 볼 때면 불안한 감을 지울 수 없었다. 그가 보기에 총운은 평범한 거지가 아니었다.

무공을 익힌 것 같기는 한데 도무지 그 기색을 찾을 수가 없었다.

처음 낌새를 차린 것은 수레에서였다.

총운은 그저 마차의 움직임에 따라 흔들리는 것처럼 보였다. 하지만 가만 지켜보니 무언가 느낌이 이상했다.

그는 묘하게 수레의 움직임을 흡수했다.

흔들리되 흔들리지 않는 느낌이라고 할까. 진동하는 마차 속에서 알 수 없는 안정감이 느껴졌다.

강칠상은 혹시나 하는 마음에 총운의 진기를 훑기도 했다. 하지만 그에게선 한줌의 내공도 느낄 수 없었다.

"설마 거지놈이 반박귀진의 고수는 아니겠지."

거사를 치를 시간이 가까웠다.

더 이상 총운 때문에 지체할 수 없었다. 암습은 축시가 시작하는 동시에 이뤄질 것이다.

강칠상은 배낭에 있던 장포를 꺼내 걸쳤다.

장포 안에는 무려 여든 자루의 잘빠진 비도가 꽂혀 있었다.

모두 강칠상이 특수 제작한 것들이었다. 그의 손속과 내공이 합쳐진다면 비도는 능히 거목이라도 관통할 수 있었다.

"아. 깜빡할 뻔했군."

그는 주머니에 넣어 두었던 금빛의 환을 씹었다.

둥그런 환은 바로 독을 해독하는 약이었다. 아마 혈전이 벌어질 때면 화산의 무사들은 기겁을 할 것이다.

내공을 쓸 수 없는 무사들은 수하들에게 목을 내주고 마리라.

화산의 기재가 있다고는 하지만 내공을 쓸 수 없다면 충분히 승산이 있었다.

강칠상. 아니, 흑비도 모손철은 터벅터벅 야영장을 벗어났다.

* * *

달 밝은 밤이었다.

황보옥은 암석에 걸터앉아 하늘을 응시했다.

청하산에서의 마지막 밤을 그는 보초로 보내고 있었다. 수하들이 손사래를 치며 말렸지만 끝내 거절했다.

비번이 하나라도 늘면 그만큼 수하들이 편했다.

청하산을 지나는 동안 노고가 많았으니 조금이라도 여유를 주고 싶었다.

"다행이구나. 별일이 없어서."

황보옥은 피식 웃었다.

청하산만 넘는다면 갈 길은 탄탄대로였다.

산을 넘을 일도 없었고 지나칠 마을과 도시도 많았다. 목적지인 제갈가까지도 한 주면 도착할 수 있으리라.

달밤의 운치를 즐기던 황보옥.

그런 그의 표정이 일순간에 일그러졌다.

주변을 좁혀오는 인기척을 느꼈던 것이다. 그 숫자가 적어
도 다섯은 되었다.

황보옥은 자신의 애병인 월령대도(月齡大刀)를 뽑았다. 대
도가 스르릉 소리를 하며 검집에서 벗어났다.

"숨바꼭질 하지 말고 나와라!"

그의 일갈이 숲을 흔들었다.

이윽고 검은 복면을 한 사내들이 모습을 드러냈다. 그들의
손에는 하나같이 시퍼런 칼자루가 들렸다.

모두 흑철문 나부랭이임이 틀림없었다.

"이제야 기어 나오는군. 너무 늦지 않나?"

황보옥은 대도를 쥐고 적들을 응시했다.

기력을 살펴보니 하나같이 졸에 불과했다. 하지만 그들은
황보옥을 맞섬에도 전혀 동요가 없었다.

그들이 뿜어내는 묘한 차분함에 왠지 모를 불길함이 들었
다.

"오지 않는다면 먼저 가마!"

황보옥은 용맹하게 달려들었다. 그가 노린 것은 선두에 선
두 명의 복면인이었다.

휘이이익.

월령대도가 달빛을 반사하며 허공을 갈랐다.

그 무시무시한 위력에 일어난 파공음이 귀를 찢을 듯했다.

하나 복면인들도 그리 호락호락 당하지는 않았다.

두 복면인은 번개처럼 좌우로 흩어졌다. 그리고 그 빈자리에 남은 복면인 셋이 동시에 뛰어들었다.

"한번 해보겠다는 것이냐?"

황보옥은 씨익 미소를 지었다.

그는 매화검법으로 이들을 단숨에 처리하기로 했다.

조무래기에 그리 많은 시간을 내줄 수 없었다. 무엇보다 흑철문을 이끄는 두 마두의 모습이 보이지 않았다.

그 둘은 분명 야영장을 암습하고 있을 것이다.

'아니! 이럴 수가?'

내기를 끌어올리던 순간 가슴이 덜컥 내려앉았다.

내공은 단전에서 올라오다가 먼지처럼 흩어져 버렸다.

황보옥으로서도 처음 경험하는 일이었다.

쐐에엑!

복면인의 합동공격이 코앞까지 다가왔다.

황보옥은 가슴에 날아드는 검격을 쳐 내고 신법을 밟았다. 그가 섰던 자리를 무려 세 자루의 검이 난도질했다.

까딱 실수를 했다면 목숨을 잃을 뻔한 상황이었다.

"네 이놈들. 감히 이 몸을."

황보옥의 얼굴이 붉게 물들었다.

비록 내공을 사용할 수 없다 해도 조무래기에게 당할 그가 아니었다.

그는 가장 근접했던 복면인에게 벼락처럼 쏘아졌다.

대도가 반짝하는 동시에 복면인의 몸이 두 동강이 났다. 기세를 잡은 황보옥은 복면인들의 틈에 파고들었다.

대도는 아름다운 궤적을 그리며 복면인을 농락했다.

매화검십사수 중 냉매섬락의 초식이 펼쳐진 것이다.

냉매섬락(冷梅閃落)은 쾌검에서 변검으로 이어지는 술수로 많은 적을 상대할 때 유용했다.

툭툭.

대도가 춤을 출 때마다 어김없이 복면인의 머리가 떨어졌다.

기세 좋게 덤볐던 복면인들도 이제는 황보옥을 막아내기 바빴다.

"죽어라!"

황보옥의 대도가 다시 한 번 번쩍였다. 이에 마지막 남은 복면인의 몸이 갈라졌다. 머리부터 사타구니까지가 단숨에 찢어졌다.

복면인은 피와 장기를 토해내며 바닥에 쓰러졌다.

"후우, 이거 사태가 심각한데."

황보옥은 이마에 땀을 닦았다.

자신이 이 정도라면 수하들은 평소 전투력에 절반도 내지 못할 것이다.

전세가 흑철문에게 기울 것은 불 보듯 뻔한 일이었다.

그는 허겁지겁 야영장으로 달려갔다.

야영장은 이미 피바다를 이루고 있었다. 처참하게 잘린 머리와 사지가 바닥에 나뒹굴었으며 질퍽한 피 웅덩이도 곳곳에 고였다.

용맹한 화산의 무사들은 고전을 면치 못했다.

내공을 쓰지 못하는데다가 숫자로도 밀리니 형세는 시시각각으로 기울었다.

'역시 고전하고 계신다.'

현옥진은 흑철문의 우두머리 중 한 명인 혈쌍도 월령귀와 검을 주고받는 중이었다.

혈쌍도의 패도적인 공격에 그 역시 주춤했다.

과연 혈쌍도(血雙刀)라는 별호는 거저 얻은 것이 아니었다.

새빨갛게 젖은 두 대도는 매번 급소를 노려왔다.

내공 없는 상태로 그와 맞섰다면 아마 반 각도 채 버틸 수 없었을 것이다.

현옥진이기에 그나마 비등비등한 판세가 유지되었다.

'공자님마저 당한다면 답이 없다.'

황보옥이 신형이 바람처럼 쏘아졌다.

현옥진에게 슬금슬금 접근하는 무리를 발견했던 탓이다.

그는 반달 같은 곡선을 그리며 월령대도를 내리그었다.

복면인이 뒤늦게 칼을 들어 올렸지만 때는 이미 늦었다.

대도는 상대의 어깨부터 허리까지를 일자로 베어냈다. 복면인은 피를 뿜으며 바닥에 엎어졌다.

"이거 일이 완전히 꼬여버렸소."

전투가 소강상태에 접어들면서 현옥진이 그의 옆에 섰다.

현옥진은 몸을 들썩이며 거친 숨을 내뱉었다. 화려했던 장포에도 핏자국이 선명했다.

"공자님. 두 분은 어떻게 되셨습니까?"

"암습이 시작되기 전에 멀리 보냈소."

"불행 중 다행이군요."

황보옥은 한숨을 내쉬었다.

"이대로라면 전멸입니다. 공자님이라도 자리를 피하셔야 합니다."

"이미 늦었소. 내공을 못 쓰니 신법도 형편없을 테고. 가능성이 딱 하나 있기는 한데."

"무엇입니까?"

"반 각만 여유가 난다면 운기로 산공독을 몰아낼 수 있소."

"그럼 월령귀는 제가 맡겠습니다. 공자님은 그 사이에 운기를 하세요."

황보옥의 말에 현옥진은 그저 피식 웃었다. 모든 것을 포기한 초탈한 웃음이었다.

"되었소. 그게 가능하면 제가 진작 부탁을 했을 거요. 우선은 악전고투를 할 수밖에. 혹시 하늘이 도울지도 모르니."

현옥진은 검을 부여잡고 정면을 응시했다.

맞은편엔 시퍼런 안광을 뿜어내는 월령귀가 있었다.

"유언은 끝났나?"

"그거야 두고 볼 일이지."

"새파란 놈이 입도 잘 놀리는군. 순순히 투항하면 팔 하나로 끝내줄 수도 있는데 말이야."

월령귀가 피식 웃으며 대도를 교차했다.

"웃기는 소리 마라. 산공독 따위나 쓰는 치졸한 녀석들에게 순순히 당할 것 같으냐?"

"산공독 따위라니. 너희에게 사용한 것은 무려 귀창백세독(鬼創百細獨)이다. 독은 서서히 쌓이다가 무려 보름이 지난 후에 발휘가 되지. 보통 산공독과는 근본부터 다르다고 할까? 크크큭."

"닥쳐라!"

현옥진은 미간을 찌푸리며 일갈했다.

"좀 더 반항하거라. 그래야 준비를 한 우리도 보람이 있지."

"네 이놈이!"

현옥진의 신형이 바람처럼 쏘아졌다.

그는 사 장의 거리를 단숨에 좁혔다.

휘이이익.

달빛이 서린 검이 벼락처럼 떨어졌다.

비록 내공은 담기지 않았지만 그 위력은 능히 땅을 가를 듯했다.

하나 검격이 코앞에 있음에도 월령귀의 표정은 태연하기만 했다.

그는 쌍도를 교차하여 검을 막아냈다.

채애애애앵.

검과 쌍도가 부딪치면서 주변으로 불꽃이 튀었다. 이제 두 사람은 본격적인 힘 싸움에 들어갔다.

'다른 수를 찾지 않으면.'

현옥진의 표정이 구겨진 종잇장처럼 일그러졌다.

검을 쥔 손은 부들부들 떨리고 이마에선 땀방울이 방울졌다. 내공을 쓸 수 없어 완력으로만 버티는 중이었다.

검을 거두고 기회를 노리고 싶었지만 그랬다간 월령귀의 대도가 금세라도 옆구리를 찔러올 듯했다.

"화산의 도련님과도 이제 작별할 시간이군."

월령귀에 얼굴에 희미한 미소가 어렸다.

그는 내공을 끌어올린 뒤 쌍도를 하늘로 쳐올렸다.

현옥진의 검은 허공으로 날았으며 동시에 가슴이 휑하게 비었다.

'아. 이렇게 끝나는 건가?'

공기를 찢으며 다가오는 대도를 보며 현옥진은 탄식했다.

＊　　　＊　　　＊

"서둘러야 해."

총운은 가부좌를 풀고 신속하게 야영장을 향했다. 시간이 촉박했다. 신법을 펼치는 동안에도 많은 무사가 목숨을 잃고 있을 것이다.

흑철문을 얕보았던 것이 실수였다.

감히 중소흑도방파가 화산의 무사들을 칠 줄 누가 생각 했겠는가.

그들은 몸을 웅크린 채 시시각각으로 때를 넘보고 있었다. 물렀던 건 오히려 자신들이었다.

'설마 그 아저씨가 마두였을 줄이야.'

총운은 쓴웃음을 지었다.

내부에 첩자가 있다고 판단한 순간 그는 곧장 강칠상을 생각했다. 식사하는 동안 국통을 챙긴 것은 항상 그였다.

음식 중 유독 맛이 이상했던 것도 국과 탕 종류였다.

소매에서 독을 살짝 흘린 뒤 저으면 누구도 의심할 수 없었다. 또한 그의 손과 팔에는 외공을 단련한 흔적이 있었다.

그 모든 사실이 지금 와서야 정리되고 있었다.

총운은 달리고 또 달렸다. 이윽고 병장기가 부딪치는 피바다의 현장에 도착할 수 있었다.

화산의 무사들은 고전하고 있었다.

내공을 쓸 수 없는데다가 수적으로도 열세였다. 땅바닥엔 절단된 머리와 사지가 뒹굴었으며 피가 홍건하게 강을 이루었다.

비명을 지르며 쓰러지는 것도 모두 화산무사의 몫이었다.

스승과 함께 강호를 십삼 년간 유람했지만 이런 참극은 처음 보는 것이었다. 거의 일방적인 학살에 총운의 이마에 힘줄이 돋았다.

그의 눈에 세 명의 무사가 눈에 들어왔다.

그들은 무려 두 배가 넘는 혹철문의 수하와 맞서고 있었다. 팔다리에는 무수한 검상이 새겨졌으며 움직임도 벼랑 끝에 선 것처럼 위태로웠다.

총운은 만리추풍신법으로 단숨에 거리를 좁혔다.

갑작스런 그의 등장에 흑철문 무사는 물론 화산의 무사들까지 눈을 동그랗게 떴다. 그들의 눈에 공통으로 새겨졌던 것은 의구심이었다.

어째서 거지가 무사들의 싸움에 끼어든단 말인가.

"거지야. 죽기 싫으면 얼른 꺼져라."

"지금은 널 돌볼 시간이 없다."

화산의 무사들이 총운을 밀쳐 내려 했다.

하지만 총운은 취견추(醉犬鎚)의 수법으로 단단하게 몸을 고정했다.

총운을 떼어내지 못한 화산 무사들이 인상을 썼다.

흑철문 졸개들은 이를 보며 간신히 웃음을 참았다.

"화산도 이제 한물 간 모양이군. 한낱 거지도 물리치지 못하다니 말이야."

"죽기 전에 희극이라도 보여줄 모양입니다."

그들의 냉소가 바람을 흘렀다.

"어서 비켜라! 한시가 위태롭단 말이다."

"무얼 모르는 건 여러분입니다. 내공도 쓰지 못하는데다 수적으로도 열세 아닙니까? 이들을 물리칠 수 있는 건 저뿐이에요."

"맘대로 해라. 뒈져도 책임은 안 질 테니까."

화산 무사들이 총운과 거리를 두었다.

이제 총운 앞에는 검을 번뜩이고 있는 여섯의 흑철문 무사가 있었다.

그들은 저희들끼리 낄낄 거리며 총운을 얕봤다.

"목숨이라도 구걸해 봐. 네 행색에 딱 어울리는데."

"구걸이라. 이번만큼은 내가 아니라 너희가 해야 할 거다."

총운의 신형이 바람처럼 쏘아졌다.

그는 한줄기의 벼락처럼 흑철문 일파의 중앙으로 파고들었다.

휘이이이익.

그가 뻗은 것은 뜨끈한 술이 담긴 호리병이었다.

내공이 담긴 호리병은 원을 그리며 흑철문 일파를 단숨에 밀쳐 냈다.

그 위력은 가히 철퇴에 버금갈 정도로 강력했다.

호리병에 맞은 이들은 모두 사 장 가까이 날아가 나무에 부딪쳤다.

스승이 즐겨 쓰던 주배조(酒杯鳥)의 술수였다.

"뭐, 뭐야? 내 눈이 잘못 된 건가?"

"아니야. 나도 똑똑히 봤어."

화산의 무사들은 경악을 금치 못했다.

물동이를 나르던 거지가 단 일격으로 흑철문의 수하 여섯을 날려버렸다. 이는 도저히 상식을 벗어난 일이었다.

"가끔은 거지의 말을 듣는 것도 도움이 되죠."

총운은 무사들을 보며 피식 웃었다.

무사들은 당황한 기색을 감추지 못한 채 허둥지둥했다.

"상황은 어떻습니까? 다른 분들은 무사합니까?"

"아. 그러니까."

화산 무사들은 버벅거리며 말을 잇지 못했다. 총운의 신위
에 넋이 나가버린 것이다.

"저희는 잘 모르겠어요. 좀 더 안쪽으로 들어가면 소공자
님이 머무르시던 공터가 있습니다."

"조심하셔야 돼요. 그쪽엔 월령귀도 있어요."

그들은 의식하지도 못한 채 총운에게 존댓말을 하고 있었
다.

"알겠습니다."

총운은 현장을 정리한 뒤 바람처럼 자리를 떴다.

무사들은 서로를 보며 어깨를 으쓱했다.

"일꾼으로 일하던 그 거지 맞는 거지?"

"보통 거지가 아니었던 모양이야. 저번에 냄새가 난다고
혼쭐을 내줬는데. 큰일 났다."

무사들은 총운이 있던 자리를 응시했다.

이젠 그에게 화산의 운명을 맡기는 수밖에 없었다.

'큰일 났군.'

총운의 미간이 지렁이처럼 꿈틀거렸다.

공터에 들어선 순간 피 비린내가 훅하고 코에 스몄다.

제일 먼저 눈에 들어온 것은 두 명의 무사였다. 온몸에 피칠을 한 채 대도를 휘두르는 황보옥과 마두와 맞서는 현옥진이었다.

'늦으면 죽는다.'

총운은 신법을 밟으며 현옥진과 월령귀의 틈으로 파고 들었다.

때는 마침 한 자루의 도가 현옥진의 가슴을 관통하기 직전이었다.

"군자산까지 썼는데 손속이 심하지 않나?"

총운은 씨익 웃으며 대도를 붙잡았다. 내공이 담긴 검격을 단지 젓가락 쥐듯이 잡은 것이다. 이에 월령귀와 현옥진의 눈이 토끼처럼 커졌다.

별안간 나타난 거지가 대도를 한 손으로 붙잡다니.

하지만 이어진 총운의 움직임에 경악할 틈도 없었다.

"어이쿠, 너무 무리했나."

총운은 비틀거리면서 몸을 구부정하게 했다.

그 모습은 마치 땅에 있는 무언가를 주우려고 하는 것처럼 보였다.

금세라도 넘어질 듯한 모습에 월령귀는 콧방귀를 꼈다. 하지만 그것은 더없는 실책이었다.

총운이 펼친 것이 취팔선권의 초식 중 하나인 취견무(醉犬舞)였기 때문이다.

총운은 몸을 숙이며 월령귀의 가슴을 후려쳤다. 진기가 실린 주먹은 그 어떤 병기보다도 강력했다. 이를 감당하지 못한 월령귀가 흉측하게 자빠졌다.

"몸은 괜찮으신가요?"

총운은 현옥진을 보며 피식 웃었다.

반면 현옥진은 눈을 토끼처럼 떴다.

총운의 무공을 보고 경악을 했던 것이다. 한낱 거지가 월령귀를 단숨에 날려버렸으니 놀랄 법도 했다.

"아니, 어째서 이 자리에."

"위험에 빠진 이를 돕는 건 무림인이라면 당연한 일이죠."

"당신은 보통 거지가 아니었군. 이런 고강한 무공이라니……."

"거지라고 무공을 익히지 말란 법은 없지요."

총운은 씨익 웃으며 말을 이었다.

"그나저나 제갈유화 소저와 백화린 소저가 보이질 않는군요."

총운은 주변을 훑은 뒤 미간을 찌푸렸다.

그가 무엇보다 걱정하는 것이 바로 누이의 신변이었다.

만약 그녀에게 무슨 일이 생긴다면 그는 평생 자책감을 버리지 못할 것이다.

"호위무사 다섯 명을 붙여서 청하산을 넘으라고 말해놓았소."

"그럼 모손철이 그쪽을 쫓아간 모양이군요."

"서, 설마?"

현옥진이 다시 눈을 부릅떴다.

"그것보다 저 친구를 먼저 처리해야겠어요."

총운은 검지로 월령귀를 가리켰다.

월령귀는 어느새 몸을 일으켜 이쪽을 향해 무시무시한 안광을 뿜어내고 있었다.

이마에는 두꺼운 힘줄이 솟아났으며 대도를 쥔 양손이 부르르 떨리고 있었다.

그가 뿜어내는 노기에 공터가 싸늘해졌다.

"아까는 운이 따랐소. 나와 같이 싸웁시다."

현옥진이 검을 주워들었다.

"공자께서는 쉬고 계시죠. 그간 고생하신 것도 있으니 말입니다."

"장난할 때가 아니오! 지금 상태론 둘이 싸워도 장담할 수 없는 상대오."

"그건 두고 보면 알겠죠."

총운은 현옥진을 물리고 월령귀와 마주했다.

총운의 알 수 없는 자신감에 현옥진은 그저 혀를 찰 수밖에 없었다.

제법 무공을 쓰는 거지라고는 하지만 월령귀를 당하기엔 역부족이리라.

'여차하면 협공한다.'

현옥진은 두 사람의 움직임을 예의주시 했다.

"거지새끼가 감히 나를 건드려?"

"거지는 맞지만 뒤에 새끼는 뺐으면 좋겠어."

총운은 담담하게 월령귀를 응시했다. 월령귀의 기백도 그에게는 그저 산들바람에 불과했다.

"네놈의 사지를 절단해서 아작아작 씹어주마."

"허허. 마두가 독하긴 독하네. 거지의 몸까지 탐낼 줄이야."

"그 나불대는 주둥이부터 갈라주마."

월령귀가 단숨에 거리를 좁혔다.

그는 쌍도에 내공을 불어 넣은 뒤 이를 교차하여 휘둘렀다. 검이 반짝이면서 허공에 십자가 그려졌다.

월령귀가 자랑하는 혈원도법(血元刀法)이 펼쳐진 것이다.

휘이이익.

쌍도는 금세라도 몸을 사 등분 할 듯했다. 그 위력과 속도는 정파들이 자랑하는 검법에도 크게 뒤지지 않았다.

'길게 끌 필요 없지.'

총운은 검격을 끝까지 응시한 뒤 손을 뻗었다. 곧게 뻗어진 손바닥은 두려움 없이 검에 맞섰다. 그것은 심후한 내공이 담긴 파옥신장(破玉神掌)이었다.

장법과 검이 충돌하는 순간 쿵 하는 소리와 함께 주변으로 거대한 바람이 불었다.

"말도 안 돼!"

월령귀가 입을 쩌억 벌렸다.

위력에 밀려 사 장 가까이 미끄러졌다. 더군다나 쌍도 중 하나에 균열이 가기까지 했다. 총운의 장법이 그만큼 강력했던 것이다.

노기를 참지 못했던 그의 눈에 어느새 두려움이 일었다.

아무래도 이 거지는 보통 거지가 아니었다.

월령귀는 좁혀오는 총운에게 검을 휘둘렀다. 하지만 패기를 잃은 검은 한낱 쇳덩이에 불과했다.

"이제 내 차례다."

총운은 갈지자를 밟으며 회피와 접근을 동시에 이루었다.

그는 발길질로 월령귀의 사타구니를 힘껏 올려 찼다.

예상치 못한 충격에 월령귀는 가랑이에 손을 집어넣고 낑 낑거렸다.

표정은 푸르딩딩했으며 이마에선 식은땀이 맺혔다.

총운은 월령귀의 혈도를 짚은 뒤 잔당에게 접근했다. 귀신 같은 손속에 수하들은 한낱 추풍낙엽으로 쓰러졌다.

"아무래도 개방의 고수인 것 같습니다."

황보옥이 어느새 현옥진의 곁에 섰다.

두 사람은 총운을 보며 감탄을 금치 못했다.

그의 움직임은 바람처럼 자유로워 형식에 얽매이지 않았 다. 동작과 동작 사이의 이음새도 물처럼 자연스레 흘렀다. 만약 내공을 되찾는다고 해도 그를 이길 방법은 없을 것 같았 다.

"고수를 내가 너무 함부로 대했구나."

현옥진이 혀를 찼다. 그는 내심 총운을 깔보며 무뚝뚝하게 대했었다.

"나이도 공자님과 비슷할 것 같은데. 성취가 대단한 듯합 니다."

"역시 갈 길은 멀었단 말인가?"

두 사람이 푸념을 하는 사이 남은 잔당을 모두 처리했다.

총운은 가뿐하게 손을 털고 현옥진과 황보옥을 응시했다.

"뒤를 부탁해요. 저는 제갈유화 소저에게 가볼 테니까."

총운은 신법을 밟으며 공터를 벗어났다.

청하산을 넘는다고 하면 갈 길은 쭉 뻗은 대로를 지르는 것뿐이었다. 그는 내공을 끌어올리며 발에 힘을 더했다.

문득 본 하늘에는 누이의 얼굴이 별처럼 빛나고 있었다.

'부디 아무 일 없어야 할 텐데.'

第十章

거지 활약하다 二

　총운은 바람처럼 숲길을 질러갔다.

　지나간 자리에는 어렴풋한 잔상이 어렸고 거친 바람이 나뭇가지를 흔들었다.

　'이쯤하면 보일 때도 됐는데.'

　총운은 초초함에 입술을 깨물었다.

　신법을 펼치면서도 주변을 유심히 살폈던 그다.

　하지만 아직까지도 누이와 백화린의 흔적은 찾을 수 없었다.

　월령귀 때문에 지체한 시간을 생각하면 두 사람의 안위도 장담할 수 없었다.

부디 그가 도착할 때까지 하늘이 그들을 지켜주길 바랄 수밖에.

일각 정도 달렸을 무렵이다.

대로 옆으로 작은 오솔길이 났으며 길을 따라 발자국들이 어지럽게 이어졌다. 개중에는 여자의 발자국으로 보이는 작은 자국도 선명했다.

'이쪽이구나.'

총운은 신음을 뱉으며 다시금 달렸다.

누이와 백화린의 전세는 분명 현옥진 무리보다 나쁠 것이다.

현옥진의 경우 황보옥이라는 든든한 버팀목이 있었지만 백화린은 그렇지 못했다.

누이는 무인이 아니었기에 백화린을 도울 수 없었다.

또한 흑비도 모손철 역시 무시할 수 없는 존재였다.

부하를 앞세우고 비도를 날린다고 하면 월령귀보다 한층 까다로운 상대가 될 것이다.

'벌써부터 걱정할 필요 없어.'

총운은 머리를 휘휘 저으며 불길함을 떨쳐 냈다.

저도 모르게 누이와 백화린이 능욕당하는 장면을 떠올린 것이다.

그런 일은 벌어져서도, 벌어지게 놔두지도 않으리라.

채애애앵.

가까운 곳에서 병장기 부딪치는 소리가 흘렀다. 드디어 현장에 도착한 것이다.

눈앞의 고개를 한달음에 넘자 널따란 공터가 펼쳐졌다.

웬일인지 화산의 무사들이 하나도 보이지 않았다.

그들은 모두 주검이 되어 차가운 바닥에 나동그라졌다. 고군분투하고 있었던 것은 오로지 백화린뿐이었다.

그녀는 넷이나 되는 흑철문의 졸개를 상대하고 있었다. 매화가 그려진 무복은 이곳저곳이 찢겨졌으며 그 사이로 시뻘건 검상이 드러났다.

"무림오미(武林五美)는 못 건드리니까. 요년은 건드려도 되겠지?"

"죽이지만 말라고 했으니까 괜찮을 거야."

흑철문에 졸개들이 백화린을 희롱했다.

하나 진이 빠진 그녀는 그저 거친 숨만 뱉어낼 수밖에 없었다.

총운은 자신도 모르게 두 주먹을 불끈 쥐었다.

백화린이 당하는 것을 보니 가슴 속에서 뜨거운 것이 치밀었다.

그는 취팔선보를 밟으며 흑철문 졸개들의 틈으로 파고들

었다.

동시에 타구봉이 벼락처럼 뿜어졌다.

타구봉은 반짝이며 반(絆)의 구결을 따랐다.

이에 졸개들의 검이 단번에 엉켜 버렸다.

타구봉이 검로를 차단하고 그들의 검을 그물처럼 얽어놓았기 때문이다.

"아니, 이게 무슨!"

졸개들의 얼굴엔 하나같이 당혹감이 서렸다.

"왜? 거지 같니?"

총운의 얼굴에 사악한 미소가 떠올랐다.

그는 타구봉십팔초 중 광구견미의 수법을 펼쳤다.

미친개처럼 난폭한 타구봉을 받아낼 수 있는 이는 물론 없었다.

졸개들은 가슴과 복부 등을 얻어맞고 바닥을 데굴데굴 굴렀다.

총운의 무예에 백화린은 그저 토끼처럼 눈을 깜박거렸다. 잔당을 자근자근 밟은 총운은 그중 한 녀석의 상의를 벗겼다.

"일단 이거라도 걸치세요."

"네?"

"속살이 보인다구요."

백화린은 그제야 자신의 옷을 내려다보았다.

혹철문 수하의 검격이 어깨부분을 내리그었었다. 덕분에 옷이 흘러내려 젖가슴이 보였다.

그녀는 얼굴을 붉히며 급히 옷을 걸쳤다.

"다행히 상처는 깊지 않네요."

총운은 상처를 살핀 뒤 품에서 금창약을 꺼냈다.

유랑 중에 좋은 약초만 골라 만들어 제조한 특제 금창약이었다.

그는 상처가 도질 부분만 골라서 약을 발랐다. 약효가 나자 백화린이 이마를 찌푸렸다.

"제갈유화 소저는 어떻게 된 거죠?"

"방금 모손철에게 잡혀갔어요. 서둘러야 해요. 안 그러…… 꺄악."

뒷이야기는 듣지 않아도 됐다.

총운은 백화린을 양팔로 끌어안은 뒤 총알처럼 달려 나갔다.

이 근처에 은밀한 장소라면 정면에 있는 대나무 숲뿐이었다.

'개자식! 속인 것도 모자라 누이까지 건드려?'

강칠상의 얼굴을 떠올리니 저절로 이가 갈렸다.

만약 누이가 해코지를 당한다면 절대로 가만두지 않을 것이다.

총운은 만리추풍신법을 칠 성으로 펼쳤다.

그의 신형은 말 그대로 바람처럼 쏘아졌다.

주변으로는 대나무 숲의 정경이 휙휙 지나갔으며 옷자락은 태풍을 맞은 것처럼 흔들렸다.

속도를 못 이긴 백화린이 새된 비명을 지르기까지 했다.

한편 총운은 신법을 펼치는 중에도 오감에 집중했다.

빨리 달린다고 해서 능사가 아니었다.

모손철을 따라잡는 것도 중요했지만 정확한 위치를 파악하는 것도 중요했다.

'저쪽이다.'

옷자락이 부스럭 거리는 소리가 포착됐다. 대나무가 빽빽하게 늘어선 소로 쪽이었다. 총운은 속력을 다소 늦춘 뒤 방향을 틀었다.

모손철이 막 제갈유화에 옷을 벗기고 있었다.

상의가 벗겨지면서 누이의 뽀얀 속살이 드러났다. 그녀는 기절했는지 아무런 저항도 하지 못했다.

"개자식. 당장 내려오지 못해!"

총운의 일갈에 모손철이 고개를 돌렸다. 그의 얼굴에는 지독한 불쾌감이 서려 있었다.

"거지새끼가 감히 여기가 어디라고."

모손철이 휙 하니 손을 뻗었다. 그러자 소매에서 세 자루의 비도가 뿜어졌다. 내공이 담긴 비도는 공기를 찢어발기며 급소를 노렸다.

백화린을 안고 있어서 팔은 사용할 수 없었다.

총운은 취한 듯 휘적거리며 날아오는 암기의 사이를 누볐다. 비도는 아슬아슬하게 가슴과 머리를 스쳐갔다.

"저 녀석은 제가 상대할 테니까. 거리가 벌어지면 유화 소저를 맡아주세요."

총운은 백화린을 내려주고 모손철과 마주섰다.

무거운 침묵과 함께 한줄기 바람이 두 사람 사이를 훑고 지나갔다.

"보통 거지가 아닌 줄은 알았는데. 설마 내 비도를 피할 줄이야."

모손철이 피식 웃은 뒤 인구면피를 뜯어냈다.

얼굴가죽이 땅바닥에 떨어지면서 흉측한 얼굴이 드러났다. 화상을 입었는지 얼굴이 시뻘겋게 익었으며 흉측한 딱지들이 곳곳에 앉았다.

"진짜 얼굴을 드러내는 이유가 뭔지 아나? 널 이 자리에서 꼭 죽이겠다는 의미지."

"할 수 있다면 해보시지."

총운은 피식 웃으며 내공을 끌어올렸다.

모손철은 비도를 사용해 압수를 펼치는 자였다. 거리만 좁힌다면 손쉽게 제압이 가능할 것이다.

"이 몸의 유희를 방해한 것. 저승에서 원망해라."

모손철이 양손을 뻗었다.

이에 여섯 자루의 비도가 귀곡성을 뿌리며 날아들었다. 세 자루는 급소를, 나머지 세 자루는 회피경로를 예측해서 쏘아낸 것이었다.

비록 숫자는 얼마 되지 않았지만 공간을 가득 메운 것 같은 착각이 들었다.

'피하면 다시 들어온다. 맞서는 수밖에.'

총운은 다시 암수를 준비하는 모손철을 응시했다. 그리고 내공을 실어 양손바닥으로 흉수에 맞섰다.

그의 장법은 제비처럼 날렵했다.

팔이 뻗어질 때면 어김없이 비도가 힘을 잃고 바닥에 떨어졌다.

장법 중 쾌에 중점을 둔 백결신장(百結神掌)을 펼친 것이다.

"이번엔 내가 가마."

총운은 신법을 밟으며 거리를 좁혔다.

그는 한 달음에 육 장 가까운 거리를 단축했다.

내공이 서린 두 주먹은 모손철의 가슴을 후려치기 위해 감춰졌다.

"받아라."

팔을 뻗으려던 총운은 하늘을 바라보았다.

모손철이 땅을 박차고 허공으로 도약했기 때문이다. 그가 장포를 펼치자 오십 자루의 비도가 모습을 드러냈다.

달빛을 반사하는 비도의 모습은 공포를 자아내기에 충분했다.

"십식(十式) 흑천비무도!"

모손철의 커다란 일갈이 숲을 흔들었다.

그는 열 자루의 비도를 번개처럼 던졌다.

시간차로 쏘아진 비도는 원을 그리며 총운을 압박해왔다. 그 속도와 위력은 이전에 쏘았던 비도와 비교할 수 없을 만큼 강력했다.

'제법이군.'

총운은 취리건곤보를 극성으로 밟으며 비도를 하나둘 피해나갔다.

그의 온몸은 만취한 듯 비틀거려 금세라도 자빠질 듯했다.

팔과 다리는 흐느적거렸으며 주저앉았다가 일어서기를 반복했다.

위태로운 모습이었다.

빗줄기처럼 쏟아지는 비도는 당장 미간을 꿰뚫고 사지를 관통할 것 같았다.

'더 이상은 안 돼!'

총운을 지켜보던 백화린은 자신도 모르게 눈을 감았다. 거지답지 않은 놀라운 무공을 보였지만 결국 그도 여기까지인 듯 보였다.

하나 오래 기다렸음에도 비명은 들려오지 않았다.

총운이 흑천비무도를 모두 피해냈기 때문이다. 그가 섰던 자리에는 목표를 잃은 비도가 박혀 있었다.

'거기구나.'

총운의 눈이 반짝였다.

그는 대나무 줄기로 향하는 모손철을 포착했다. 위치를 파악했으니 망설일 이유는 없었다.

총운의 몸은 벼락처럼 날렵하게 쏘아졌다.

"쇄옥파운지(碎玉破雲指)."

총운의 손가락이 무시무시한 기세로 대나무를 찔러갔다. 내공이 집중된 손가락은 그대로 나무를 관통했다. 대나무는 쩌억하는 소리와 함께 뒤로 넘어갔다.

"이런 빌어먹을. 거지새끼가!"

모손철이 휘청거리며 바닥으로 떨어졌다.

물론 그 틈을 놓칠 총운이 아니었다. 그는 만리추풍신법으로 단숨에 거리를 좁혔다. 번개처럼 따라붙는 그를 막을 수 있는 건 아무것도 없었다.

휘이이이익.

총운의 주먹이 곧게 모손철을 향해 뻗었다.

옥마저 단숨에 부순다는 파옥권을 사용한 것이다. 모손철이 뒤늦게 단도를 꺼냈지만 때는 이미 늦었다. 총운의 주먹은 그의 가슴을 강력하게 후려쳤다.

퍼어어어억!

주먹에 맞은 모손철이 오 장 가까이 날아갔다. 그는 가슴을 움켜쥔 채로 신음을 뱉었다.

총운은 사악한 미소를 지으며 타구봉을 꺼냈다.

"이제 개같이 한번 맞아볼까?"

그는 발로 모손철을 굴리며 온몸을 골고루 때려주었다.

"끄아아악."

마두의 처절한 곡성이 대나무 숲을 울렸다.

청하산을 호령하던 흑철문이 멸문하는 순간이었다.

*　　　*　　　*

해가 떴다.

희뿌연 안개가 산자락을 감쌌으며 습한 공기에는 비릿한 피 비린내가 담겼다.

밤새 펼쳐진 혈전은 치열했다.

용맹한 화산 무사들의 숫자가 무려 절반가량 줄었다.

혹철문의 피해 또한 만만치 않았다. 무리를 이끌던 두 마두가 포획됐으며 목숨을 건진 졸개들은 고작 다섯에 불과했다.

그들은 사실상 와해된 것이나 다름없었다.

'드디어 내 차례인건가?'

한편 총운은 황보옥을 따라 현옥진 무리에게 향하고 있었다. 그의 활약으로 무사들이 목숨을 건진 것은 주지의 사실이었다.

총운이 감사하기도 하고 정체가 궁금할 법도 했다.

현옥진 일행은 무사들과 조금 떨어진 곳에 옹기종기 모였다.

"찾으셨다고 해서 왔습니다."

총운은 헛기침을 하며 세 사람을 응시했다.

어색한 분위기를 이끌었던 건 백화린이었다. 그녀는 살가운 미소를 지으며 자신의 옆자리를 가리켰다.

현옥진이 천천히 운을 뗐다.

"동생을 통해 대략 이야기를 들었소. 개방 총타로 향하는 중이시라고 들었는데."

"맞습니다. 기왕 거지가 된 거 제대로 된 거지가 되어보려고요."

"이미 개방 무공을 사용하시지 않았소? 그것도 아주 고강하신 것 같았소."

현옥진이 실눈을 떴다.

그는 은근슬쩍 총운을 떠보고 있었다.

총운의 존재는 분명 이질적이었다. 개방에 입문하지도 않은 자가 개방무공을 사용했다.

게다가 그 무위도 화산의 후기지수인 자신보다 뛰어났다.

이는 상식을 한참 벗어난 일이었다.

"뜻하지 않게 스승을 만났습니다. 제가 아니라 그분이 훌륭했던 것이죠."

"무공에 겸손까지 갖추셨군요. 그간 실례했던 것도 다 너그럽게 봐주시리라 믿소."

현옥진이 헛헛하게 웃었다.

대화를 주고받은 뒤 잠시 침묵이 흘렀다. 일행은 어색한 분위기 속에 눈짓만 주고받았다.

총운은 이쯤해서 정체를 밝히기로 했다.

"다들 저에 대해 궁금한 게 많으신 것 같으니 제대로 소개를 올리겠습니다."

총운은 포권을 한 뒤 빙긋이 웃었다.

"제갈세가의 제갈총운 정식으로 인사드립니다."

그의 한 마디에 제갈유화와 현옥진은 그저 피식 웃고 말았다.

이름이 같다고는 하나 한 쪽은 거지고 한 쪽은 제갈세가의 인물이었다.

공통점이 전혀 없는 것이다. 차라리 개방의 고수라고 했다면 아하 하고 무릎을 쳤을지도 모른다.

"장난이 지나치시군요."

"제가 제갈가의 여식이라는 건 알고 계시죠?"

제갈유화와 현옥진의 시선이 총운에게 쏠렸다.

총운은 이를 즐기며 작게 미소 지었다.

"그렇게 안 믿기십니까?"

"믿고 안 믿고의 문제가 아니죠. 총운공자가 집을 나간 제갈가의 공자라면 제가 이 자리에서 물구나무를 서겠습니다."

현옥진이 헛헛하게 웃으며 답했다.

제갈총운에 대해서는 그 역시도 적게나마 정보를 가지고 있었다.

무공에 대한 재주는 없었지만 특유의 총명함으로 천기자의 재목이라 일컬어졌다.

이런 점을 살피면 눈앞의 거지 총운은 제갈총운과 상당한 거리가 있었다.

"총운이는 무공을 못해요. 하나 총운공자께선 흑철문에 우두머리를 물리치셨잖아요."

제갈유화가 말을 이었다.

"그리고 그 아이 성격을 생각하면 분명 외딴 곳에서 책에

묻혀 있을 거예요."

"정말 그리 생각하십니까?"

총운은 장난스런 표정으로 현옥진과 제갈유화를 훑었다. 이런 반응이 나올 것은 익히 예상하고 있었다.

"그럼 보여드릴 수 있는 건 이것뿐이군요."

총운은 자신 있게 오른쪽 손등을 내밀었다.

손등에는 어렸을 적에 당한 십자모양의 화상자국이 역력했다.

이를 확인한 유화의 눈이 휘둥그레졌다.

"총운이의 화상상처와 똑같네요."

"본인이니까 똑같을 수밖에 없죠."

"어떻게 된 거죠? 분명 상처는 없다고……."

제갈유화의 시선이 백화린을 향했다.

"죄송해요. 총운공자가 잠시 숨겨달라고 해서."

백화린이 혀를 빼꼼 내밀었다.

총운의 상처로 인해 분위기가 묘하게 돌아갔다.

유화가 상처를 확인하면서 총운이 제갈가의 공자라는 쪽으로 기울었던 것이다.

뜻밖의 상황에 현옥진은 그저 눈을 끔뻑거릴 수밖에 없었다. 설마 정말로 물구나무를 서야 하는 건가.

"저는 누이가 알고 있는 총운이가 맞습니다. 제갈총운이 아니라면 누이의 어깨에 있는 복점을 누가 알겠습니까?"

총운의 한 마디는 결정적이었다.

고작 얼굴을 몇 번 마주친 거지가 그녀의 신체 치부를 알 수는 없었다.

제갈유화의 얼굴은 어느새 울상이 되었다.

십 년 동안 보지 못했던 동생을 설마 이런 식으로 만나게 될 줄이야.

"정말 총운이가 맞구나. 총운아."

유화가 달려와 총운의 품에 안겼다.

적삼이 지저분했지만 전혀 개의치 않았다. 동생과 재회한 기쁨과 감동이 가슴을 적실 따름이었다.

"네 걱정을 얼마나 많이 했는지 알아?"

"미안해."

총운은 흐느끼는 유화의 머리를 쓸어주었다.

그녀와 가족이 느꼈을 상실감은 분명 그가 상상하지 못할 수준이리라.

"못 본 사이에 많이 예뻐졌는걸. 설마 무림오미가 되었을 줄은 꿈에도 몰랐어."

"마찬가지야. 제갈가의 후손이 거지로 지냈다고 하면 누가 믿겠어."

유화가 소매를 훔치며 응수했다.

얌전하지만 할 말은 다 하는 똑 부러진 여인이 바로 유화였다.

갑작스런 가족의 상봉에 현옥진은 닭 쫓던 개가 된 기분을 느꼈다.

그는 백화린을 보며 입을 열었다.

"너는 알고 있었니?"

"네. 근데 안 지는 얼마 안 됐어요."

"그런 건 미리 언질을 줘야지. 어쨌든 우리는 잠시 자리를 피하자꾸나."

현옥진은 백화린과 함께 슬쩍 자리를 떴다.

총운과 유화가 편안하게 대화를 나누도록 하기 위함이었다.

"그동안 궁금한 게 많았지?"

"너 오늘 잠은 다 잤다. 각오해."

"성깔은 변함없네. 어렸을 때랑 똑같……."

총운은 말을 다 잇지 못했다. 유화가 그의 옆구리를 세차가 꼬집었기 때문이었다. 살점이 떨어져 나가는 고통에 그는 비명을 지를 뻔했다.

"누나한테 성깔이 뭐니? 성깔이."

제갈유화는 피식 웃으며 말을 이었다.

"듣고 싶어. 네가 어떻게 지냈는지."

"그래. 할 말이라면 입이 두 개라도 모자랄 테니까."

총운은 제갈유화와 함께 긴 대화를 나누었다.

오랜만에 풀어놓는 회포에 시간이 도둑맞은 것처럼 흘러갔다.

그날 정오.

공터에는 일행들 전원과 사로잡힌 흑철문 일파들이 함께 있었다.

흑철문 일파는 모두 양팔을 묶인 채 바닥에 무릎을 꿇었다. 얼굴에는 죽음의 기운이 드리웠으며 시선을 땅에서 떼지 못했다.

"개자식들. 너희는 사지를 절단해도 아깝지 않아."

"퉤엣! 곱게 죽을 생각은 안 하게 좋을 거다."

화산파 무사들의 악담이 줄을 이었다.

함께 피땀을 흘리던 동료들이 무참히 살해당했다. 그들의 가슴속에선 참을 수 없는 분노가 들끓고 있었다.

"어떻게 하시겠습니까?"

황보옥이 현옥진을 응시했다.

"화산을 욕보인 자들이오. 제 손으로 처리하겠소."

황보옥의 물음에 현옥진이 싸늘하게 대답했다.

화산의 후기지수인 그의 심기는 불편하기 짝이 없었다.

두 마두로 인해 자존심에 크게 금이 갔다.

무사들을 잃었던 것은 물론이요, 잘못하면 형수인 제갈유화까지 욕을 볼 뻔했다.

총운이 돕지 않았다면 그 참상은 현실이 되고 말았을 것이다.

현옥진은 두 마두의 앞에 섰다.

샤르릉 하는 맑은 소리와 함께 검이 빠져나왔다. 검이 태양을 반사하면서 보석처럼 반짝였다.

"마지막으로 할 말이 있는가?"

"저승에 먼저 가서 기다리지. 너희도 머지않아 사마외도에 통곡할 날이 올 테니까 말이야."

"저 거지놈이 아니었으면 이 자리에 있는 건 너였어. 하늘이 도운 줄 알아라."

죽음을 앞에 두었음에도 두 마두는 전혀 기죽지 않았다. 오히려 일행에게 냉소를 흘리며 악담을 했다.

"주제를 모르고 설치다니. 죽어라!"

현옥진의 검이 벼락처럼 떨어졌다.

검은 반달의 궤적을 그리며 두 마두의 목을 단번에 떨어뜨렸다.

목이 달아난 자리에선 피가 분수처럼 뿜어졌다.

잔인한 광경이었지만 눈을 찌푸리는 이는 오직 총운뿐이

었다.

총운은 무리와 조금 떨어진 곳에서 참수 광경을 보고 있었다.

그들의 악행은 분명 벌을 받아 마땅했다.

무리에 끼어들어 군자산을 먹인 일.

수많은 화산의 무사를 죽인 일.

무엇보다도 누이인 제갈유화를 겁탈하려 했던 일.

그중 단 하나도 쉬이 넘어갈 것은 없었다.

하나 막상 그들이 죽을 때가 되니 마음이 편치 않았다.

사연 없는 거지가 없으니 사연 없는 마두도 없는 게 아닐까.

정파와 사파를 가르는 경계는 과연 무엇인가.

원한이 원한을 낳는 무한한 고리는 영영 끊을 수 없는 걸까.

"세상 만물에는 선하고 악한 것이 없다. 보자기에 꽃을 싸면 꽃 향기가 나고 똥을 싸면 악취가 나는 것이지. 항상 네 안에 담긴 것이 무엇인지 살펴라. 그리고 악한들을 만나며 마음을 너그럽게 가져라. 그들도 본래부터 더럽지는 않았다. 재수없게 똥을 품게 된 자들이니까 말이야."

스승 개걸취는 이런 말을 한 적이 있었다.

아직 그 뜻을 다 이해하지는 못한 총운이다. 하지만 이를 깨닫는 것이야말로 스승에게 다가가는 한걸음이라고 생각했다.

"자. 지금부터 작업을 시작한다. 다들 위치로!"

황보옥의 외침이 공터를 뒤흔들었다.

습격사건은 마무리되었지만 아직 남은 일이 있었다.

명을 달리한 화산무사들의 묘자리를 만드는 것이었다. 황보옥의 지시에 무사들이 분주하게 움직였다.

그들은 각자 흩어져 화산과 무사들의 주검을 한데 모았다.

'이게 뭣들 하는 짓이지?'

무사들을 지켜보던 총운은 저도 모르게 눈살을 찌푸렸다. 무사들이 흑철문의 시체는 내팽개친 채 화산의 주검만 찾았기 때문이다.

아무리 그들이 마두라고는 하여도 이는 도리에 어긋난 것이었다.

그들도 분명 대지로 돌아갈 자격이 있는 것이거늘.

총운은 천천히 현옥진을 향했다.

"자형께 부탁이 있습니다."

"아. 말씀하시게."

현옥진이 머쓱한 듯 머리를 긁적였다.

총운이 정체를 밝히면서 관계와 호칭이 바뀌었던 탓이다.

"화산 무사들의 묘를 만들면서 흑철문 일파의 묘도 함께 만들었으면 합니다."

총운의 말에 현옥진이 미간을 찌푸렸다.

"그들이 화산을 욕보인 것을 알고 있지 않소? 정말 뜻밖의 부탁이군."

"자형의 말씀은 물론 천부당만부당합니다. 하나 죽음에는 귀천과 고하가 없는 법입니다. 혹시 흑철문 일당의 목 잘린 시체가 뒹구는 것을 보셨습니까?"

총운은 천천히 말을 이었다.

"그들의 영혼이 구천을 떠돌지 않게 해 주십시오. 살아서는 마두였더라도 죽어서까지 마두일 수는 없는 법입니다."

"그거 곤란하군."

현옥진이 턱을 쓸며 고민했다.

원수의 묫자리를 함께 만드는 일은 썩 내키는 일이 아니었다. 잘못하면 동료를 잃은 수하들의 분기가 재발할 수도 있었다.

"정 꺼림칙하시다면 저 혼자라도 묻겠습니다."

"잠깐. 기다리시게."

현옥진이 돌아서는 총운을 붙잡았다.

"공자의 뜻이 그러하다면 그리 하시오. 화산이 공자께 입은 은혜를 생각해도 그것이 도리에 맞다고 생각이 드네."

"감사합니다. 저도 작업을 돕도록 하지요."

총운은 공터로 돌아가 주검을 처리하는 일을 도왔다.

현옥진의 지시에 따라 화산 무사들은 흑철문 일파의 시체도 바른 곳에 묻었다.

월령귀와 모손철의 봉분 앞에 선 총운.

그는 적삼 안에 감추어 두었던 술병을 꺼냈다.

병 안에 든 것은 도수가 높고 향이 그윽해 아껴 마시던 계림 삼화주였다.

총운은 봉분 위로 술을 흘렸다.

술은 시내처럼 졸졸 거리며 바닥에 흘렀다. 바람을 타면서 알싸한 향이 코를 찔렀다.

"스승님의 존함은 개걸취입니다. 혹여 만난다면 제자는 잘 지내고 있다고 전해 주십시오."

총운은 남은 술을 들이키며 돌아섰다.

第十一章 돌아온 제갈세가

 말발굽이 경쾌하게 울렸다.

 목적지인 제갈세가가 코앞이었던 만큼 현옥진 무리는 더욱 속도를 냈다.

 일행의 선두에 섰던 것은 고운 용모에 장포를 걸친 한 청년이었다.

 청년은 눈은 구름처럼 맑았으며 오뚝한 콧날에선 기지가 반짝였다.

 청년의 정체는 다름 아닌 총운이었다.

 무려 십여 년 만에 세가로 복귀하는데 거지차림을 하고 갈

수는 없었다.

비록 총운은 괜찮을지 몰라도 가족들이 이를 반길 리는 없었다.

그는 여정 중 마을에 들러 몸을 깨끗하게 씻고 옷을 갈아입었다.

"정말 우리가 알던 거지 맞아?"

"원래 제갈세가 사람이라고 하잖아. 그래도 사람이 저렇게까지 변할 수 있구나."

화산의 무사들이 총운을 힐끔거렸다.

총운이 제갈세가의 인물이라는 것을 모르는 이는 이제 아무도 없었다.

더불어 고강한 무공과 뛰어난 미남자의 풍모까지.

무사들은 모두 총운을 우러러 볼 수밖에 없었다.

한편 장포를 걸친 총운은 답답함을 금치 못했다.

소매가 치렁치렁하여 살이 쓸렸으며 오랜만에 찬 허리띠는 거북하기 그지없었다. 누더기 적삼이 그리운 것은 두말할 나위가 없었다.

'나도 뼈 속까지 거지가 된 모양이야.'

총운은 쓴웃음을 지으며 먼 곳을 응시했다.

그의 머릿속에는 어느새 제갈가의 풍경이 그려졌다. 오랜만에 복귀하는 세가는 어떤 모습을 하고 있을까.

대략적인 것은 제갈유화에게 들었지만 직접 보는 것을 따라가지는 못할 것이다.

　"네가 없는 사이에 많은 게 변했어. 큰 오빠는 한림원에 사관이 되었고 작은 오빠는 대천성대의 장이 되었고 말이야."

　유화는 총운의 눈치를 보더니 말을 이었다.

　"어머님은 정정하신데 아버님은 몸이 많이 편찮으셔. 너도 보면 조금 놀랄 거야."

　"그렇구나."

　총운은 씁쓸한 표정으로 답했다.

　아버지가 그에게 걸었던 기대가 남달랐다는 것을 그는 잘 알고 있었다.

　아버지 제갈옥룡은 그를 황궁의 사간원으로 키우고 싶어 했다.

　사간원의 대는 증조부 이후로 끊긴 상태였다. 박식한 아버지 역시 고작 의전에 서책을 맡았을 뿐이었다.

　"우리 총운이. 크면 꼭 사간원이 될 거지? 황상께는 너같이 총명한 사람이 필요하단다."

　"저보단 아버지가 더 똑똑하시잖아요."

　"지금이야 그렇지. 하지만 너는 곧 아비를 뛰어넘을 거다. 방에 걸린 증조부님의 그림을 보아라. 너랑 꼭 닮지 않았느냐?"

아버지 제갈옥룡은 껄껄 웃기도 했다.

'아버님의 큰 뜻은 이어받지 못할 듯합니다.'

총운은 허탈한 미소를 지었다.

그에게는 개방을 무적으로 만들어야 할 큰 소명이 있었다.

총운은 스승 개걸취에게 이를 가슴으로 약조했다. 약속을
제대로 지키기 전까지는 결코 가문에 눌러앉을 생각이 없었
다.

'가문의 문제만 해결하고 바로 떠나자.'

총운은 그리 마음먹었다.

그래야 가족에게도 스승인 개걸취에게도 떳떳할 수 있을
것 같았다.

세가의 형편이 갈수록 떨어진다는 이야기는 이미 유화에
게 들었다.

그녀는 단 한마디로 문제의 핵심을 짚었다.

"장로와 신기전대의 힘이 막강해졌어. 이젠 아버님께서도 감당
하기 힘들 정도야."

"신기전대가 강해졌다고 하면 좋은 거 아니야?"

총운은 고개를 갸웃했다.

신기전대라고 하면 세가의 무력을 담당하고 있는 최고의 무력

단체였다.

그들이 강해졌다함은 동시에 세가의 힘이 커졌다는 것을 의미했다.

"그것도 정도가 있지. 네가 없는 사이에 장로들도 많이 타락했어. 세가로 돌아가면 너도 알게 될 거야."

제갈유화의 얼굴에 씁쓸한 미소가 어렸다.

그녀의 실망스런 모습은 아직도 총운의 뇌리에 각인 되었다.

'장로들이 혈족은 아니지만 그들도 세가의 식구들인데. 대체 무슨 일이 벌어진 거지?'

총운의 궁금증은 깊어만 갔다.

본래 제갈세가는 부족한 무력을 대신하기 위해 외부의 무사들을 끌어왔다. 세월이 지나고 세력이 커지면서 그들은 세가의 장로의 지위를 획득했다.

피가 통하지는 않았지만 수백 년을 세가와 함께한 인물들인 것이다.

'하여간 도착하면 알겠지. 조금만 기다려라.'

총운의 시선이 저 멀리 하늘을 향했다.

현옥진 무리의 여정이 막바지에 다다랐다.

그들은 막 석가장을 지나 넓은 산길을 질주했다. 저 멀리엔 웅장하게 뻗은 태산이 손짓을 하고 있었다.

"드디어 도착했구나."

총운은 태산을 보며 감회에 젖었다.

그에게 태산이란 마음의 고향과 같았다. 경전을 공부하다가 답답할 때면 늘 태산을 찾았다. 그의 고민과 번민을 묵묵히 들어준 것도 태산이었다.

또한 스승 개걸취 역시 태산이 내려준 것과 다름없었다.

일행은 제갈세가가 운영하는 경작지를 지나 총문으로 향했다.

도심 안은 사람들과 상점들로 번잡했으며 상단의 마차가 거리 한복판을 가로지르기도 했다.

"그다지 변한 건 없는데?"

총운은 주변을 훑어보며 피식 웃었다.

만두를 자주 사먹었던 용평객잔도 건재했으며 행인 중 몇몇도 눈에 익었다.

변한 건 오로지 자신뿐인 듯했다.

추억에 빠진 사이 일행은 어느새 제갈세가에 도착했다. 세가 주변으로는 우뚝 담이 솟았으며 그 뒤로 용무늬가 새겨진 기와집이 늘어섰다.

이를 바라보는 총운의 심정은 남달랐다.

무려 십여 년 만의 귀향이었다. 가족들을 다시 볼 수 있다는 것이 설레기도 했지만 동시에 죄스럽기도 했다.

일언반구 없이 집을 떠났던 것은 누가 뭐라고 해도 부정할 수 없었다.

한편 마차에서 내린 유화가 곁에 섰다. 그녀는 총운의 기색을 훑더니 말을 이었다.

"긴장되지 않니?"

"글쎄. 조금?"

총운은 검지와 엄지로 그 미묘한 틈을 표현했다. 그의 아이 같은 모습에 유화의 얼굴에 미소가 떠올랐다.

"익살맞은 건 여전하구나. 하긴 넌 예전부터 겁도 없었어. 오죽하면 처음 본 거지를 따라서 집을 나갔을까."

"그게 내 매력이니까."

총운은 피식 웃으며 세가로 향했다.

문지기인 오동칠과 서진표는 잔뜩 긴장한 채로 그들을 응시하고 있었다.

제갈유화와 더불어 화산의 손님이 왔으니 실수는 용납되지 않았다.

"두 분 다 건강하네요. 따님은 이제 열세 살 쯤 되려나?"

총운의 시선이 오동칠을 향했다.

"화산의 무사께서 어찌 제 여식에 대해 알고 계십니까?"

오동칠이 토끼처럼 눈을 끔뻑거렸다. 이에 총운과 유화는 웃음을 참기에 바빴다.

"잘 보세요, 아저씨. 제가 누군지?"

총운의 말에 오동칠이 고개를 갸웃했다.

그는 한참 총운을 보더니 탁하고 무릎을 쳤다. 그리고 곁에 선 서진표의 옆구리를 찔렀다.

"야. 너도 나랑 같은 생각이냐?"

"동감이다. 자세히 보니까 똑같이 생겼네."

"총운공자님!"

두 사람은 주변이 떠내려갈 정도로 소리를 질렀다. 이에 몇 몇 화산 무사들조차 화들짝 놀랐다. 하나 서진표와 오동칠은 이에 아랑곳하지 않았다.

"정말 공자님이 맞으신 겁니까? 이거 꿈이 아닌 거지?"

"이런 꿈이 경사스런 꿈이 또 어디겠어? 내가 확인해 보지."

서진표가 오동칠을 볼을 세차게 잡아당겼다. 그러자 오동칠이 미간을 찌푸리며 서진표를 노려보았다.

"확인하려면 네 볼을 꼬집어야 할 거 아니야!"

"지금 그게 중요하냐? 공자님. 그동안 어디서 무얼 하셨습니까? 가주님께서 얼마나 맘고생이 심하셨는지 아십니까?"

"그래서 돌아온 게 아니겠어요?"

총운은 환하게 웃으며 두 사람의 어깨를 두들겼다.

세가에 많은 식솔이 있었지만 이 둘과는 특별한 인연이 있었다.

총운이 답답할 적에 말동무도 되어주었으며 남몰래 태산에 갈 수 있도록 문도 열어주었다.

"자세한 이야기는 있다가 해요."

총운은 유화와 함께 세가 안으로 들어갔다.

돌담으로 이어진 길 곳곳에는 조각상이 섰다.

저 멀리에는 제갈세가가 자랑하는 서고인 책량당도 보였다.

책량당에는 무려 이만여 권의 서적이 보관되었다. 어린 총운은 거기서 일과의 대부분을 보냈었다.

"아버님을 먼저 뵙는 게 우선이겠지?"

총운은 길을 가로질러 정방으로 향했다.

정방 주변에 갈대들이 바람에 나부끼고 있었다. 이를 보고 있자니 자신의 마음도 흔들리는 것 같았다.

"아버님 유화가 왔습니다. 반가운 손님도 데리고 왔어요."

헛기침 소리와 함께 문이 덜컥 열렸다.

모습을 드러낸 것은 화려한 장포를 걸친 중년인이었다.

머리는 희끗희끗했으며 눈썹도 새하얗게 셌다. 굳게 다문 입술에선 고집이 느껴졌다.

그가 바로 제갈세가의 가주인 제갈옥룡이었다.

제갈옥룡은 두 사람을 번갈아 훑다가 총운에게 시선을 고정했다.

잔잔했던 그의 눈동자가 한순간 흔들렸다. 낯선 청년이었지만 어딘지 모르게 얼굴이 익었다.

'아버님도 많이 쇠약해지셨구나.'

제갈옥룡을 보는 총운의 가슴은 찢어질 듯했다.

풍채 당당하던 그의 어깨는 어느새 많이 굽었다.

얼굴에는 검버섯이 피어올랐으며 손도 조금씩 떨고 있었다.

총운의 기억 속 제갈옥룡은 서릿발 같은 기백을 지닌 사람이었다.

하나 지금의 제갈옥룡은 마치 이가 빠진 호랑이와 같았다.

"아버님. 불효자 총운이 돌아왔습니다."

총운의 한 마디에 정방 주변의 공기가 급속도로 얼어붙었다.

제갈옥룡은 눈을 부릅뜬 채로 총운을 응시했다.

설마 설마 했지만 낯선 청년이 집을 나갔던 막내아들이었을 줄이야.

그는 저도 모르게 신음을 터뜨리고 턱수염을 쓸어내렸다. 그의 손이 미약하게 떨렸다.

제갈옥룡은 아들의 갑작스러운 복귀에 머리가 하얗게 비어가는 것을 느꼈다.

"…들어오너라."

제갈옥룡이 장포를 휘날리며 방으로 들어갔다.

방은 고요했다.

제갈옥룡과 총운은 그저 말없이 서로를 응시했다.

두 사람의 입술은 마치 묵언 수행을 하는 중처럼 굳게 닫혀 있었다. 오직 시녀가 내온 오룡차만이 하얀 김을 토해낼 따름이었다.

"설마하니 다시 돌아올 줄은 몰랐다. 다들 네가 죽었을 거라고 생각했으니까."

제갈옥룡이 차를 마시며 운을 뗐다.

"허튼 마음으로 집을 나가지는 않았을 텐데. 뜻한 바는 다 이룬 것이냐?"

"다 이루지 못했습니다. 갈 길이 멀어 그전에 먼저 집에 들렀습니다."

그의 말에 제갈옥룡의 눈썹이 꿈틀거렸다.

"어째서 가족과 가문을 내팽겨 치고 나간 것이냐?"

총운은 그간의 일을 간단히 요약했다.

태산에서 개걸취를 만난 것부터 전 무림을 유랑한 일. 그리고 마지막으로 개방을 다시 일으켜야 하는 소명까지.

이를 듣고 있던 제갈옥룡의 표정이 돌처럼 굳어갔다.

"한낱 거지가 되고자 가문을 떠났단 말이냐? 게다가 개방을 다시 일으킨다니. 이건 또 무슨 뚱딴지같은 소리냐?"

"아버님. 한낱 거지가 아닙니다. 거지는 의를 숭상하고 바람처럼 중원을 떠도는 영혼입니다. 단순히 행색으로 속단하는 것은 옳지 못합니다."

"이 녀석이! 그럼 대 제갈세가의 자식이 거지가 되는 게 옳은 것이냐? 이 사실을 알게 되면 중원 사람들이 대대손손 비웃을 거다."

"부와 명예는 언젠가 사그라지게 마련입니다. 또한 이에 집착하면 더욱 중요한 것은 보지 못하게 됩니다."

"듣기 싫다! 네 헛소리가 다름 사람한테는 먹혔을지 몰라도 내게는 어림도 없다."

제갈옥룡의 얼굴이 부들부들 떨렸다. 그는 금세라도 총운을 잡아먹을 듯 분기를 뿜어냈다.

"너는 엄연히 제갈가의 자식이다. 개방에 들어가는 일은 절대로 허락할 수 없어. 차기 가주는 너로 점찍었으니 그리 알아라."

제갈옥룡이 물러가라는 듯 손짓을 했다.

하고 싶은 말이 가슴 한가득이었다.

하나 총운은 이를 다 펼치지 못하고 방을 나왔다. 오랜만에 뵌 아버지와 말다툼을 하고 싶지 않았다.

만약 그가 끝까지 대들었다면 제갈옥룡은 쓰러졌을지도 몰랐다.

"시간이 좀 더 필요하겠구나."

총운은 하늘을 보며 쓴웃음을 지었다.

아버지를 설득하는 일은 결코 쉽지 않을 것이다.

십여 년 만에 돌아온 자식을 떠나보내고 싶지 않은 것은 어느 부모라도 마찬가지일 것이다.

이를 위해선 천천히 그의 마음을 움직일 필요가 있었다.

"임마. 오랜만에 돌아왔으면 형님부터 봐야지."

뒤를 돌아보니 셋째 형인 제갈태천이 있었다.

제갈태천은 기골이 장대하고 호방한 사내였다.

세가의 인물로는 특출 나게 무골의 자질을 타고 났다. 방금 막 무공수련을 마쳤는지 몸에 땀이 절었다.

"형님. 잘 지내셨죠?"

"네 걱정하느라 머리가 센 것 말고는 없다."

제갈태천이 피식 웃으며 그의 머리를 헝클어뜨렸다. 어렸을 적부터 종종 총운에게 치던 장난 중 하나였다.

"대략적인 이야기는 유화에게 들었다. 다들 네가 죽은 줄 알았거든. 설마 거지로 중원을 떠돌았을 줄은 몰랐다."

제갈태천은 한동안 총운에게 눈을 떼지 못했다.

그 영특했던 동생이 어찌하여 거지가 되어 세상을 떠돌았을까.

그가 아는 총운은 서재에 틀어 박혀 있던 책벌레였다.

"잘 먹고 지내긴 한 것 같구나. 나이가 드니 미남자의 풍모도 제법 나고 말이다."

"제가 어렸을 때부터 잘 생기긴 했죠."

두 사람은 서로를 보며 미소를 지었다.

"너도 돌아왔고 화산에서 손님도 왔으니 오늘 저녁은 거창하겠다."

"그래야겠죠?"

"암. 그렇고말고. 둘째 누나도 너를 기다리고 있다. 식사 전에 같이 얼굴이라도 보자꾸나."

총운은 제갈태천과 함께 별채로 향했다.

그날 저녁.

제갈세가에서 성대한 잔치가 열렸다.

안뜰에는 세가의 직계자손을 비롯한 먼 친인척들로 발 디딜 틈이 없었다.

고기를 굽는 고소한 냄새가 사방으로 퍼졌으며 거기에 풍악이 곁들어져 분위기를 한층 더 돋우었다.

잔치의 주인공은 단연 총운과 유화였다.

가출한 총운이 몸 건강히 돌아온 것은 커다란 경사가 아닐 수 없었다.

또한 화산파와 혼례를 맺게 된 유화에 대한 축하도 끊이질 않았다.

"못 본 사이에 아주 잘생긴 청년이 되셨습니다."

"그러게요. 남자 중에 무림오미가 있다면 공자님께서 꼭 포함될 겁니다."

장로들은 총운을 향해 유쾌한 농담을 던졌다.

하나 정작 이를 상대하는 총운의 표정은 그리 밝지 못했다.

'정말 변한 것이 맞으십니까? 무엇이 장로님들을 변하게 한 것 입니까?'

총운은 아직도 장로들에 대한 미련을 버리지 못했다.

특히 칠 장로 중 한 명인 오진천은 총운에게 학문을 가르치기도 했었다.

"총운공자님이라면 반드시 천기자(天機子)의 명성에 다다를 수 있을 겁니다. 이 늙은이는 그리 믿어 의심치 않아요."

"천기자라면 세가에서 가장 똑똑한 사람이잖아요. 아버님이 있는데 제가 어떻게 천기자가 돼요?"

"지금은 부족할지 몰라도 먼 훗날이라면 이야기가 달라지죠."

오친전은 항상 충운에게 천기자의 꿈을 심어주었다.

오친전뿐만 아니라 다른 장로들 역시 항상 충운에게 무한한 애정을 보였다.

그랬던 그들이 지금은 오히려 세가에게 칼을 들이대고 있다니.

충운은 쓴웃음을 감추기 위해 애를 써야 했다.

풍악과 함께 술자리의 분위기는 익어 갔다.

때마침 대장로인 황호림이 장포를 펄럭이며 일어섰다. 그는 술잔을 허공에 치켜들었다.

"충운공자께서 돌아오신 것을 환영하며 건배를 합시다."

황호림의 말에 모두가 차례대로 잔을 들었다.

너무나 자연스러운 행동에 충운은 어리둥절한 표정으로 주변사람들을 훑었다.

'이게 뭐하는 짓이지?'

그는 사태를 파악하기 위해 안간힘을 썼다.

술자리엔 가주인 제갈옥룡을 비롯해 본가의 인물들이 모두 자리했다.

배분을 생각해도 건배제의는 가주가 하는 것이 마땅했다.

하나 이의를 제기하는 사람은 아무도 없었다.

아버지인 제갈옥룡은 물론이요, 작은 형인 제갈태천까지.

총운의 시선을 느낀 제갈태천이 쓴웃음을 지었다.

그의 눈빛은 이렇게 말하고 있다.

'…어쩔 수 없다.'

총운이 머뭇거리는 사이 황호림이 다시 입을 열었다.

"공자께선 잔이 비셨습니까? 어찌 잔을 들지 않으십니까?"

"아닙니다. 대장로님께서 친히 건배제의를 해주셔서 놀랐습니다."

"허허. 앞으론 익숙해지셔야 할 겁니다."

황호림의 묘한 미소가 가슴에 파고들었다.

총운은 잔을 부딪친 뒤 단숨에 잔을 비웠다. 달콤했던 술이 소태를 씹은 것처럼 쓰게 느껴졌다.

'이런 걸 참고 계신 것입니까?'

총운은 제갈옥룡과 제갈태천을 보며 씁쓸한 웃음을 지었다. 장로들의 권세가 예법을 무너트릴 정도로 강성해졌다는 건 충격이 아닐 수 없었다.

더군다나 가주인 제갈옥룡마저 이에 대한 불쾌감을 표현하지 않다니.

"잠시 바람 좀 쐬고 오겠습니다."

총운은 적당히 장단을 맞춘 뒤 자리를 떴다. 더 이상 자리에 있다간 머리가 폭발할 것만 같았다.

그가 향한 곳은 제갈세가 안에 있는 정각정이라는 호수였다.

하늘에는 커다란 보름달이 걸렸으며 호수의 표면이 보석처럼 부서졌다.

"소저도 여기 계셨군요."

총운은 먼저 와 있던 백화린을 응시했다. 갑작스런 그의 등장에 그녀가 화들짝 놀랐다.

"여긴 웬일이세요?"

"소저가 보고 싶어서 왔죠."

"돌아오고 나선 전보다 훨씬 능글맞으시네요."

백화린이 꽃처럼 환한 미소를 지었다.

두 사람은 한동안 말없이 호수를 바라보았다.

"오랜만에 귀향을 했는데 별로 기뻐 보이지 않아요. 제 착각인가요?"

백화린의 시선이 총운을 향했다.

허를 찔린 총운은 저도 모르게 신음을 뱉었다.

잔치가 불편한 기색을 내지 않으려 애썼다.

입가에는 항상 미소를 걸었으며 만난 이에게 모두 살가운 인사를 보냈다.

하지만 백화린은 이를 단숨에 간파해냈다.

"소저의 눈을 속일 수 없군요. 맞습니다. 가족과 상봉한 건 좋지만 다시 허례허식을 차려야 하는 게 싫습니다."

총운은 피식 웃으며 말을 이었다.

"그리고 잔치상에 나온 고기반찬보다 누룽지가 더 제 입맛에 맞고요."

그의 농담에 백화린이 다시금 웃었다.

"그랬군요. 총운공자께서 예전에 비해 힘이 없어 보인달까. 그런 느낌을 받았거든요."

백화린의 차분한 눈빛이 그를 향했다. 그녀의 흑발이 달빛을 반사하며 눈부시게 빛나고 있었다.

"물론 잘생긴 지금의 모습이 좋지만. 그래도 예전의 총운공자는 외모를 뛰어넘는 호방함이 있었어요."

"잘 보셨습니다. 저도 이제 거지가 다 됐나 봅니다. 이런 장포보다 누런 적삼이 더 좋으니 말입니다. 이런 옷을 입으면 바닥에 누워서 잠도 못자고 말이죠."

두 사람은 서로를 보며 피식 웃었다.

"앞으로는 어떻게 하실 거죠?"

"일단 밀린 집안일을 해야겠죠?"

총운은 피식 웃으며 말을 이었다.

"백화린 소저. 소저께 부탁을 드릴 것이 있습니다."

"부탁이라니요?"

백화린이 눈을 동그랗게 떴다. 뜬금없이 부탁을 하겠다고 하니 놀란 것이다.

"제가 무공을 사용한다는 것은 비밀로 해주세요."

"어째서죠? 총운공자님의 무공은 더 없이 고강하시잖아요. 가주님이나 다른 분들이 아시면 좋아하실 텐데요."

"지금은 때가 아닌 것 같습니다. 상황을 봐서 제가 직접 이야기할 테니 그때까지는 모른 척해 주세요."

"총운공자의 뜻이 그러시다면 따르겠어요. 허튼 소리를 하실 분도 아니시니까."

"고맙습니다. 가능하면 자형께도 말씀해 주세요."

"알겠어요. 무사들은 다들 돌아갔으니 오라버니와 저만 입을 다물면 되겠군요."

"역시 눈치가 빠르시군요."

총운은 미소로 화답했다.

그의 시선은 어느새 달이 반짝이는 호수로 향했다.

'세가가 어떻게 돌아가는지 모르는 이상 숨길 수 있는 건 숨기고 봐야지.'

총운은 그리 마음먹었다.

세가에 돌아온 지 채 하루도 되지 않는 상황이었다.

아직 알아야 할 것과 바로 잡아야 할 것도 다 파악하지 못했다.

섣불리 자신을 드러내는 것은 삼가는 편이 좋았다.

"경치에 취하는지 소저 때문에 취하는지 모르겠습니다."

"자꾸 빈말하지 마세요."

백화린이 볼을 붉히며 시선을 피했다.

선남선녀의 만남과 함께 밤은 깊어만 갔다.

다음 날.

닭 울음소리와 함께 아침이 밝았다.

총운은 미간을 찌푸리며 몸을 일으켰다. 악몽을 꿔서 그런지 전신이 찌뿌둥했다.

총운은 가부좌를 틀고 혼원귀일신공을 운용했다.

그의 한 호흡에 놀라울 정도로 큰 내력이 혈맥을 타고 흘렀다.

그는 어느새 주변의 모든 것을 잊고 심법에 몰두했다.

세상의 수많은 이치는 결국 단 하나로 돌아가니.

이를 가리켜 혼원귀일신공이라고 하느니라.

총운은 문득 스승의 목소리를 들은 것도 같았다.

"도련님. 식사 시간입니다."

"금방 나가요."

총운은 대답과 동시에 심법을 완료했다. 운기조식을 마치고 나니 하늘을 날아갈 것처럼 몸이 가뿐했다.

문지방을 나서던 중 우연히 한구석에 놓인 보따리가 눈에 띄었다.

그 안에는 거지생활을 할 때 입었던 적삼과 표주박들이 들어 있었다.

"조금만 기다려. 거지 총운이 돌아오는 것도 금방이니까."

총운은 씨익 웃었다.

방을 나오자 화창한 아침햇살이 얼굴을 비췄다.

한줄기 바람이 장포를 흔들고 지나갔다. 완연한 봄 날씨에 절로 미소가 지어졌다.

"이제 슬슬 밀린 집안일을 해볼까나?"

총운은 천천히 길을 따라 걸었다.

第十二章 세가를 일으켜라 一

푸짐한 아침상이 펼쳐졌다.

용무늬가 새겨진 널따란 식탁 위로 셀 수 없는 반찬들이 늘어섰다.

첩수만 따져도 무려 삼십 첩이 넘었으며 반찬의 종류도 생선과 나물과 육류 등을 포함해 산천을 넘나들었다.

제갈세가의 식구들은 모처럼 한상에 둘러앉았다.

가주인 제갈옥룡과 안주인인 제갈월하가 아침상 가운데에 앉았으며 나머지 네 자녀가 그 주변을 빙 둘러앉았다.

자리에 빠진 이라면 황궁에서 서고관직을 맡은 장남 제갈운종이 유일했다.

"다들 들 거라."

제갈옥룡이 수저를 들면서 식사가 시작되었다.

총운은 뜨뜻한 소고기 국을 떠서 입에 가져갔다.

고기 맛이 잘 밴 육수가 입안에 퍼져 나갔다. 거지 생활을
하면서는 맛볼 수 없었던 가정의 맛이었다.

"공자께서 돌아왔으니 가주님도 한시름 놓으시겠습니다."

제갈진이 환한 미소를 띠며 말을 이었다.

그는 총운이 없던 사이 책량당주가 되어 세가의 재정을 맡
게 되었다.

"머지않아 천기자(天機者)가 되실 분이니 제갈가 오대세가
에 다시 돌아갈 날도 지척인 것 같습니다."

제갈진은 총운을 한껏 치켜세웠다.

천기자란 세가에서 가장 총명하고 책략이 깊은 자를 뜻하
는 것이었다.

그 칭호는 영광스럽지만 또한 무거워 함부로 붙일 수 없었
다.

가주인 제갈옥룡조차 스스로를 천기자라고 일컬은 적이
없을 정도였다.

"모자란 놈을 치켜세우시니 구름을 뚫을 것 같습니다."

"그럴 리가요? 비록 지난 시절 집을 떠났지만 공자의 총명

함은 익히 들어서 알고 있지요."

"소문이란 건 언제나 반쯤은 포장되게 마련이지요."

총운은 피식 웃으며 대꾸했다.

"총운아. 당분간은 종형제에게 이것저것 배우도록 해라.
종형제는 네가 없는 동안 제일 고생한 사람 중 한 명이다."

제갈옥룡의 시선이 총운을 향했다.

"명심하겠습니다."

"아닙니다. 저한테 뭐 그리 배울 게 있겠습니까?"

제갈진이 웃으며 손사래를 쳤다.

"식후에 찾아뵙도록 하겠습니다. 괜찮으시겠죠?"

"저야 언제라도 환영이죠."

두 사람은 훈훈한 미소를 주고받았다.

식사가 끝난 뒤 총운은 소화도 시킬 겸 정각정을 향했다.

하나 정각전 인근에 도착하니 세가의 무사들이 길을 막았
다.

"뭣들 하시는 겁니까?"

"죄송하지만 지금 시간에는 정각정을 이용하실 수 없습니
다."

무사들의 말이 망치가 되어 머리를 때렸다.

총운은 한동안 정신이 멍해지는 것을 느꼈다.

세가의 인물이 세가 안을 거니는 데 제약이 있다니. 이는

결코 있을 수 없는 일이었다.

"내가 누군지 모르는 건 아니겠죠?"

"공자님이 돌아오신 것은 모두가 알고 있습니다. 하지만 지금 정각정에선 장로님들께서 차를 마시고 계십니다."

무사들은 난감한 듯 볼을 긁적였다.

"이 시간에는 누구의 방해도 받고 싶지 않다고 하셔서 말입니다."

"가주님께서도 이를 알고 계십니까?"

"물론 알고 계십니다."

무사들의 답변에 충격은 곱절이 되었다. 어째서 이런 무례한 작태를 가만둔단 말인가.

정각정은 누구나 이용할 수 있는 쉼터였다. 아무리 장로라 해도 사용을 제한할 권리는 없었다. 총운의 얼굴이 순식간에 붉게 물들었다.

"죄송합니다. 공자님. 저희도 이러고 싶지는 않지만 장로님들의 명령이라."

"통제는 반 시진 정도 이뤄지니 그때는 평소대로 이용하시면 됩니다."

무사들은 조용히 총운을 타일렀다.

총운은 한참 동안 서 있다가 발길을 돌렸다.

분기가 머리끝까지 치솟긴 했지만 아직 그들과 맞설 상황은 아니었다.

또한 세가에 돌아온 지 얼마 되지 않아 문제를 일으키고 싶지 않았다.

"설마 했지만 상황이 이 지경일 줄이야."

총운의 한탄이 바람을 타고 흘렀다.

그는 한동안 햇볕을 쬐며 생각에 잠겼다.

장로들을 물리치기 위해서라도 우선 세가의 문제점을 정확하게 짚어내야 했다.

이후엔 이에 대한 대책을 차근차근 풀어가야 했다.

총운은 제갈진을 보기 위해 서고인 책량당을 향했다. 우선은 세가의 재정상태를 확인해 보고 싶었다.

"무공수련인가?"

총운은 인근 공터에서 발걸음을 멈췄다.

세가의 무사들이 일렬로 늘어서서 검을 휘두르고 있었다. 그들의 기합은 하늘을 뚫을 듯했으며 검격에는 독수리 같은 매서움이 담겼다.

이들을 지휘 감독하고 있던 것은 다름 아닌 셋째 형 제갈태천이었다.

"거기 셋째 줄 끝에 있는 녀석. 방금 발이 엉켰잖아. 똑바로 안 할래?"

제갈태천의 호통이 쩌렁쩌렁하게 울렸다. 이에 기죽은 무사가 푹하니 고개를 숙였다.

"아침부터 열심히 하시네요."

"네가 여기는 웬 일이냐? 당주님을 뵈러 간 거 아니었어?"

"산보를 하고 이제 막 가려던 참이었어요."

"어서 가 봐. 이런 땀내 나는 곳은 너랑 안 어울려."

제갈태천이 손사래를 쳤다.

그의 기억 속 총운은 멀건 얼굴을 하고 책에 파묻혀 있던 소년이었다.

더군다나 아버지인 제갈옥룡도 그를 사권원으로 키울 생각이었기에 별다른 무공을 가르치지 않았다.

"오랜만에 돌아왔는데 무사들 수련도 안 보면 섭섭하죠."

"좋을 대로 해. 네 뜻을 어찌 내가 꺾겠어?"

제갈태천이 피식 웃으며 총운을 응시했다. 그리고 무공 지도를 재개했다.

이들을 보는 총운의 눈동자는 매처럼 날카로웠다.

개방의 모든 절기를 익히고 조화경에 오른 그였다. 무사들의 수준을 파악하는 것은 식은 죽 먹기였다.

'철현검법을 익히는 건가? 이 정도면 나쁘지 않은 수준이군.'

총운은 천천히 고개를 끄덕였다.

철현이란 본래 쇠줄로 된 활시위를 뜻하는데 여기에서 영감을 받아 창안된 무공이 바로 철현검법이었다.

철현검법은 쾌와 일격에 중점을 둔 검법으로 익히기는 어렵지 않으나 그것으로 대성하기는 힘들다는 단점이 있었다.

"형님. 무사들의 수준이 상당한 것 같습니다."

"아니야. 아직 갈 길이 멀었지."

제갈태천이 쓴웃음을 지었다.

세가의 직속부대인 대천성대(大天星隊)가 편성된 것도 어언 일 년이 다 되어갔다.

제갈태천은 가주인 제갈옥룡의 뜻을 받들어 직접 수하를 거두고 무공지도까지 겸했다.

대천성대의 성립 배경은 물론 신기전대와 관련이 있었다. 신기전대와 장로의 입김이 세어질수록 본가의 압박이 심했기 때문이다.

특히 태산에 녹림이 자리를 잡은 요 몇 년 사이에 말이다.

장로들은 녹림을 물리치는 대가로 경작지를 요구했다.

요구는 점차 심해졌으며 이제는 세가 경작지의 삼 할을 차지할 정도까지 되었다.

"그나저나 이 아우는 형님의 무위도 궁금합니다."

총운이 슬쩍 운을 띄었다.

그가 없던 사이 제갈태천의 경지가 어디까지 올랐는지 궁금했던 탓이다.

"왜? 네가 보면 알 수 있을 것 같으냐?"

제갈태천이 헛헛하게 웃었다.

총운은 어렸을 적부터 무공과는 인연이 멀었다.

가주 제갈옥룡은 총운을 천기자의 재목으로 삼고 학문에 매진하도록 했기 때문이다.

"너무 빼지 마십시오. 모처럼 돌아온 동생의 부탁 아닙니까?"

"알았다. 요놈아. 놀라서 자빠지지나 말아라."

제갈태천이 검을 빼들고 공터 중앙에 섰다.

그가 검을 빼들자 샤르룽 하는 맑은 소리가 울렸다. 이에 무사들도 호기심을 이기지 못하고 시선을 돌렸다.

"잘 보아라."

제갈태천이 총운을 힐끔한 뒤 발을 놀렸다.

그가 펼친 것은 제갈가가 자랑하는 보법 천기미리보였다.

제갈태천의 발놀림은 육방을 장악한 채 화려함을 뽐냈다. 공력을 꽤나 실었던 만큼 움직일 때마다 희뿌연 잔상이 남았다.

"이야아아압!"

우렁찬 외침과 함께 허공을 갈랐다.

철현검법의 제오초식인 천해지분검(淺海持分劍)을 펼친 것이다. 그의 기세는 능히 하늘과 바다를 가를 정도로 강성했다.

"역시 가호대장님은 달라."

"따라가라면 몇 십 년은 걸리겠어."

대천성대의 무사들은 저마다 감탄을 하기에 바빴다. 제갈태천의 초식이 그만큼 강성했던 탓이다.

"대단하십니다. 형님."

총운이 만족스러운 미소를 지었다.

제갈태천이 보인 무위는 기대한 것 이상이었다.

그는 이미 철현검법의 이치를 꿰뚫고 있었다. 바람을 가르는 날카로운 풍압음이 바로 그 증거였다.

하나 그의 검격에는 다소 아쉬운 점도 있었다.

쾌에 중점을 둔 공격은 실패할 경우 큰 부담을 안을 수밖에 없었다.

그렇기에 다른 검법과 병용하여 상대의 틈을 찌르는 것이 정석이었다.

제갈태천의 경우 검술이 지나치게 쾌에 쏠려 있었다.

'나와 함께 차근차근 고쳐 나가면 된다. 앞으로 훨씬 더 높이 날아오를 수 있겠어.'

총운은 작게 고개를 끄덕였다.

"어때 잘 봤냐?"

"그럼요. 제가 없는 사이에 무공만 연마하신 것 같습니다."

"반은 맞고 반은 틀리지."

제갈태천이 환하게 웃었다. 두 사람은 한동안 침묵을 지킨 채 무사들의 수련하는 모습을 지켜봤다.

"책량당주를 뵙는 걸 잊었습니다. 다음에 또 찾아뵙도록 하죠."

"그러려무나."

제갈태천이 고개를 끄덕였다.

총운은 공터를 벗어나 책량당을 향했다.

이제는 최근 몇 년간 세가의 살림을 담당했던 당주 제갈진을 볼 차례였다.

과연 세가의 재정은 투명하게 운영됐던 것일까.

이를 확인하는 것 또한 총운의 주요한 과제 중 하나였다.

"책량당에 온 것도 참 오랜만이구나."

총운은 늘어선 서고들을 보며 피식 웃었다.

총운의 유년시절은 대부분 책량당에서 만들어졌다.

그는 하루 종일 책을 붙들고 이를 탐독했다.

각종 경전은 물론이요 역사와 경제에 관련된 책을 중점적으로 읽었다.

영민했던 총운은 공부를 하면서도 틈틈이 딴짓을 피웠었다.

추억에 잠긴 사이 당주의 방인 관정에 들어섰다.

총운은 장포를 매만진 뒤 입을 열었다.

"제갈총운이 책량당주님을 찾아뵙습니다."

"들어오세요."

창호지 너머로 호방한 목소리가 들렸다. 총운은 문을 열고 안으로 들어갔다.

관정은 생각했던 것보다 훨씬 수수했다.

남쪽으로 난 창 앞으로는 학이 그려진 병풍이 펼쳐졌다. 그 옆으로는 단아한 느낌의 장롱이 있었으며 약간의 서책들과 사무를 볼 책상이 있었을 따름이었다.

"우선 차라도 한잔하는 게 좋겠죠?"

제갈진이 웃으며 시녀를 불렀다. 시녀는 기다렸다는 듯 따끈한 녹차를 내왔다. 두 사람은 자리에 앉아 고요하게 차를 들이켰다.

"오랜만에 가문에 돌아오니 기분이 어떠신지요?"

"정신이 없습니다. 뭘 해야 될지도 모르겠고요."

"아직 첫 날이시니 당연한 노릇이죠."

제갈진이 헛헛하게 웃으며 차를 마셨다.

"그나저나 요새 세가의 형편이 좋지 않다고 들었습니다."

"부끄럽습니다. 다 제가 모자란 탓이지요."

"재물이 오고가는 것이 어찌 사람의 맘대로 되겠습니까? 세가를 살리기 위해 당주님께서 불철주야로 노력하셨다고 들었습니다."

총운은 슬쩍 제갈진을 띄웠다.

상대를 적절하게 치켜세우는 것은 대화의 윤활유가 됨을 그는 잘 알고 있었다.

"그렇게 말씀해 주시니 몸 둘 바를 모르겠습니다. 하나 공자님이 돌아오셨다고 하니 저도 한 시름 덜었습니다."

제갈진이 미소를 띠며 말을 이었다.

"물론 궁금한 것이 있어서 찾아오셨겠죠?"

"그렇습니다. 기왕이면 시간 날 때 회계장부를 보는 편이 좋을까 싶습니다."

"역시 공자님입니다."

제갈진이 헛헛하게 웃으며 다섯 권의 두꺼운 장부를 꺼냈다.

"이중 두 권은 제가 당주를 맡기 전의 재정상황을 적은 회계장부입니다. 나머지 세 권은 말씀드리지 않아도 잘 아시겠죠?"

총운은 제갈진이 건넨 책을 받아들었다.

책에는 제갈세가가 소유한 경작지의 크기와 잡곡의 수확량 등이 적혔다.

그밖에 상단의 수익과 여러 분야의 지출 내역도 명시되어 있었다.

"대단하군요."

총운은 내용을 훑어보며 감탄했다.

문서양식을 놓고 보면 제갈진의 회계장부가 월등히 뛰어났다.

그의 장부에는 세가의 운영실적과 전년대비 매출의 증감까지 표시되었다. 거기에 재정상태를 향상시키기 위한 제언까지 있었다.

제갈옥룡이 그를 신뢰하지 않으려야 않을 수가 없었던 것이다.

"제대로 읽어보려면 한 달은 걸리겠습니다."

"세가의 지출내역이 보통 방대한 게 아니니까요."

"장부는 당분간 제가 가지고 있어도 괜찮겠지요?"

"물론입니다. 그러려고 준비한 것이니까요."

총운은 제갈진과 좀 더 이야기를 주고받은 뒤 방을 나왔다.

문득 손에 든 장부가 철근처럼 무겁게 느껴졌다.

여기에 적힌 것이야말로 세가의 문제점을 적나라하게 보여줄 것이다.

"이제야 궤도에 오르는구나."

총운은 파란 하늘을 보며 한 숨을 쉬었다.

그간 밀린 일을 처리하려 하니 눈앞이 까마득하기만 했다.

＊　　＊　　＊

밤이 깊었다.

하늘에는 넉넉한 보름달이 떴으며 어디선가 귀뚜라미 울음소리가 흘러들었다.

서고에 틀어박힌 총운은 단 한 번도 바깥에 나오지 않았다.

그의 온 정신은 책상에 놓인 회계장부에 쏠려 있었다.

그는 장부를 연대순으로 훑으며 핵심내용을 정리했다. 필요한 부분에서는 필기를 아끼지 않았으며 이미 봤던 부분을 여러 차례 반복해서 읽기도 했다.

제갈진이 집정하면서 세가의 살림이 악화된 것은 사실이나 그 문제를 온전히 제갈진의 문제로 돌릴 수는 없었다.

"속이 까만 백로는 아닌 모양이군."

총운은 장부를 덮으며 중얼거렸다. 그가 중점적으로 살핀 것은 상단의 재정과 경작지 수익이었다.

첫째로 상단의 경영악화 부분이었다.

세가가 운영하는 정천상단은 주로 삼을 비롯해 모피와 비단류였다.

총운이 집을 떠나기 전만 해도 상단의 수입은 경작지 수입을 웃도는 수준이었다.

상단이 적자를 보기 시작한 것은 점창파에서 본격적으로

상단에 뛰어들면서부터였다.

그들은 각 표국에 호위무사들을 파견하면서 천천히 입지를 다졌다. 그리고 강서지방의 대지주들과 계약을 맺어 비단류를 대량으로 확보했다.

표국들의 신뢰를 쌓은 데다 물건마저 넉넉하게 확보한 점창.

그들은 제갈가의 아성을 점차 무너뜨려 나갔다. 덕분에 정천상단은 적자의 늪에 허우적거릴 수밖에 없었다.

제갈진이 작성한 제언 중에는 이러한 것도 있었다.

상단의 수익이 날이 갈수록 바닥을 치고 있습니다. 이대로 가다간 경작지의 이익마저 날아갈 위험이 있습니다. 수십 년을 운영한 상단이지만 그 사업을 접는 것이 오히려 득이 될 수 있습니다.

제갈진의 충심이 드러난 제언이었다.

만약 그가 개인의 사욕을 챙겼다면 이러한 언급을 할 필요가 없었다. 뒷돈이 가장 많이 오가는 것이 바로 상거래였기 때문이다.

"상단이야 어쩔 수 없다지만. 이건 골칫거리야."

총운은 쓴웃음을 지었다.

아직 세가를 좀 먹고 있는 가장 큰 세력이 남았기 때문이다.

그는 세가의 경작지 수입이 적힌 장부를 손에 쥐었다.

현재 세가의 경작지는 꽤나 넓은 편이었다.

태산의 아래부터 시작해서 동쪽의 평야지대를 완전히 꿰찬 상태였다.

소작농에 대한 대접도 좋았던 만큼 곡물 수확량은 갈수록 증가하고 있었다.

문제는 총 수확량이 늘어나고 있음에도 본가의 이득은 갈수록 줄어든다는 데 있었다.

"전부 장로회 늙은이들 때문이군."

총운은 쓴웃음을 지었다.

그들은 녹림이 창궐하기 시작하면서 경작지를 야금야금 차지했다. 지금에는 무려 세가 경작지의 삼 할을 차지할 정도가 됐다.

그들이 큰 소리를 칠 수 있었던 이유는 한 가지였다.

장로회가 운영하는 제갈가 최고의 무력단체 신기전대 때문이었다.

본래 제갈가는 무가(武家)가 아닌 지가(知家)였다. 무공에 대한 관심은 상대적으로 덜한 편이었다.

문제는 최근 인근에 녹림이 들어서면서 발생했다.

녹림무리는 종종 경작지를 약탈하고 상단을 습격했다. 그들을 처리하기 위해 무력이 필요한 것은 주지의 사실이었다.

신기전대에 의존도가 높아지면서 장로들의 입지는 날이

갈수록 강력해졌다.

그들은 녹림을 물리치는 대가로 경작지를 요구하기 시작했다.

가주 제갈옥룡의 명령으로 뒤늦게 본가 직속부대인 대천성대가 편성되기는 했다. 하나 이미 오랜 역사를 지닌 신기전대를 따라잡기엔 역부족이었다.

"장로님들이 이럴 줄은 몰랐습니다."

총운은 혀를 찼다.

그가 없던 사이에 장로들은 타락에 타락을 거듭했다.

세가를 지키는 일은 당연한 것인데 이를 빌미로 재산을 불리다니.

이는 도저히 용납할 수 없는 일이었다.

"썩은 가지는 잘라낼 수밖에.

총운은 장포를 털어내며 몸을 일으켰다.

그의 머릿속에는 가문을 정상화시킬 방안들이 휘몰아치고 있었다.

이를 잘 정리하여 진행한다면 세가가 부활의 날갯짓을 하는 것도 머지않으리라.

방을 가로지른 총운은 커다란 서랍장에 멈췄다.

서랍장에는 만년한철로 만든 자물쇠가 잠겨 있었다. 그 안에는 다름 아닌 제갈세가 최고의 무공비급인 소리비문이 잠들어 있었다.

이를 열수 있는 것은 오직 세가의 직계후손뿐이었다.

총운은 준비해 둔 열쇠로 자물쇠를 열었다. 안에는 손때가 잔뜩 묻은 낡은 서책이 있었다.

"설마 이걸 다시 만지게 될 줄이야."

총운은 서책을 손에 들고 피식 웃었다.

그가 소리비급을 다시 찾은 이유는 간단했다.

비급을 제갈태천에게 전수하고 소리비도를 사용하는 새로운 무력단체를 창설하기 위함이었다.

총운은 이미 그 이름까지 지어놓은 상태였다.

소리비천대(小莉飛天隊).

소리비도에 통달한 그들은 신기전대를 물리치고 세가의 새로운 적통이 될 것이다.

총운은 진중한 눈빛으로 책을 훑었다.

소리비급.

이는 제갈세가의 먼 선조가 개발한 비도술을 풀어낸 책이었다.

이 비도술을 처음 중원에 선보였을 때는 모든 무림인들이 감탄을 금치 못했다.

"제갈세가의 소리비도술이 천하제일이다."

중원인들은 하나같이 입을 모아 말했다.

하지만 소리비도는 세월이 지나가면서 점차 역사의 뒤안길로 사라졌다.

비도술을 익히는 과정이 무척이나 고돼 대성을 하기 어려웠기 때문이다.

"어려우면 어려울수록 대가가 큰 법이지."

총운은 씨익 웃으며 서책을 펼쳤다.

그의 최우선 과제는 소리비도의 역용서를 작성하는 것이었다.

현재 비급의 내용을 봐서는 그 누구도 소리비도를 익힐 수 없었다.

비급을 작성한 것은 비도술을 창안한 선조가 아닌 그 후예였다.

그렇기에 쓸데없는 사족이 많을 뿐더러 내용도 난해하기 그지없었다.

현 비급을 보고 소리비도를 익히는 것은 솔잎을 타고 바다를 건너겠다는 것처럼 무모한 일이었다.

"이건 오로지 나만 할 수 있는 일이지."

만만치 않은 일이었지만 총운은 자신감이 넘쳤다.

조화경에 이른 그는 몇 가지 초식만 보고도 그 이치를 알아차릴 수 있었다.

역용서를 작성하는 데는 대략 일주일 정도면 충분하리라.

"가문을 일으키지도 못하는 데 어찌 개방을 무적으로 만들 겠어. 이것이 첫걸음이다."

충운의 붓촉이 일필휘지로 춤을 추었다.

第十三章　세가를 일으켜라 二

그로부터 며칠 뒤.

총운은 붙박이처럼 붙어 서재에서 떠나지 않았다.

그가 자리를 뜰 때는 오로지 식구들과 식사를 할 때뿐이었다.

세가를 일으킬 계획을 세우고 역용서를 작성하는 일은 결코 쉬운 일이 아니었다.

'그래도 하지 않으면 안 된다. 내가 집을 떠나지 않았다면 이 꼴이 나지 않았을 테니.'

총운은 그렇게 나태해지는 마음을 채찍질했다.

그리고 그간의 악전고투를 통해 제법 마음에 드는 계획을 구상했다.

우선은 소리비천대의 창립과 관련된 부분이었다.

소리비천대는 향후 세가를 책임질 버팀목과 같은 부대였다.

이들에 대해 관심과 애정을 쏟아야 하는 것은 주지의 사실이었다.

"이 정도면 되겠어."

총운은 붓을 내려놓으며 피식 웃었다.

양피지에 그려진 것은 특수한 형태의 장포였다.

소리비천대가 입을 의상을 직접 창안한 것이다. 장포에는 세가를 상징하는 청룡이 그려졌으며 안쪽에는 비도를 꽂을 수 있는 홈들이 있었다.

총운은 소리비천대의 인원을 총 오십 명 정도로 잡았다. 소수정예로 육성하여 기동력을 살리기 위함이었다.

"조만간 아버님을 찾아 봬야겠군."

총운은 작게 고개를 끄덕였다.

소리비천대에 창설에 필요한 인원과 장비를 스스로 마련할 수는 없었다. 여기에는 당연히 가주의 막강한 권한이 필요했다.

하나 총운의 계획은 여기서 끝이 아니었다.

그는 소리비천대뿐만 아니라 대천성대도 직접 손보기로

했다.

그들 역시 세가의 직속 부대인만큼 강성해질 필요가 있었다.

"이들은 소리비천대와 별도로 무공지도를 해야겠어. 철현검법에 너무 의존했다간 한계를 넘을 수 없을 테니까."

총운은 혼잣말을 한 뒤 양피지의 한 부분에 원을 그렸다. 그곳에 적힌 것은 장로회를 박살낼 회심의 계획이었다.

"다들 땅따먹기를 좋아하시는 것 같으니. 같이 한번 어울려 봅시다."

총운의 얼굴에 차가운 냉소가 어렸다.

그는 세가의 경작지를 걸고 장로들과 비무를 펼칠 생각이었다.

대천성대가 신기전대보다 몇 수 아래인 것은 부정할 수 없는 사실이었다.

장로들이 이를 만류할 리가 없는 것이다.

*   *   *

바야흐로 때가 무르익고 있었다.

총운의 계획도 이제 세상 밖으로 나올 일만 남았다. 총운은 서책 한 권을 품은 뒤 서재를 나섰다.

서책의 앞장에는 강렬한 필체로 소리비급이라는 글자가

적혔다.

만약 누군가가 방에 몰래 들어와 이를 봤다면 경악을 금치 못했으리라.

몇 백 년 간 잠들었던 세가의 비급이 다시 부활하다니.

총운은 비급을 품고 가주 제갈옥룡을 찾았다.

제갈옥룡은 식사 후에 차를 음미하는 중이었다.

"오늘은 또 무슨 일이냐?"

제갈옥룡은 불편한 기색을 감추지 않았다.

그간 총운의 행보에 관해서 꼼꼼히 보고를 들었던 그였다.

무언가 꿍꿍이가 있는 것 같아 고심도 이만저만이 아니었다.

"아버님. 세가에 미래가 있다고 보십니까?"

총운은 사족을 자르고 바로 본론으로 들어갔다.

그의 질문에 제갈옥룡의 눈썹이 지렁이처럼 꿈틀거렸다.

"뜬금없이 무슨 말을 하는 것이냐?"

"소자는 집에 돌아온 지 얼마 안 됐지만 세가 형편이 말이 아니라고 느꼈습니다. 십 년 넘게 가문을 이끌어온 아버님이 이를 모르실 리는 없을 거라 생각합니다."

총운의 당돌한 언급에 제갈옥룡은 그저 턱수염을 쓸어내 렸다.

"어디까지 알고 있느냐?"

"전부 다 알고 있습니다. 세가의 재정상태부터 장로들이 세가를 흔드는 것까지 말입니다."

"모두 어쩔 수 없는 노릇이다. 이를 뒤집기엔 상황이 녹록
치 않아."

"문제가 악화되는 것은 문제를 손에서 놓았기 때문이라고
아버님이 말씀하지 않으셨습니까?"

"새파랗게 어릴 때 말했건만. 그걸 기억하고 있다니."

제갈옥룡이 헛웃음을 지으며 차를 마셨다.

"그래서 하고 싶은 말이 뭐냐?"

"제게 청룡패(靑龍牌)를 주십시오."

총운의 당돌한 말에 제갈옥룡은 혀를 차고 말았다.

청룡패가 지닌 의미를 누구보다 잘 아는 그였다.

청룡패는 제갈세가의 단 하나뿐인 신물이었다.

청룡패를 가진 자는 가주와 동일한 권한을 가지며 이를 본
자는 반드시 소유한 자의 명에 따라야 했다.

명을 거부할 경우 세가의 소속임을 포기하는 것으로 간주
됐다.

"청룡패가 아이들 장난감이라고 생각하는 것이냐?"

"어찌 그런 생각으로 아버님을 찾았겠습니까? 집을 떠났던
불충한 자식이지만 이번만큼은 저를 믿어주십시오."

"너의 어느 구석을 믿고 청룡패를 준단 말이냐?"

"물론입니다."

총운은 숨겨두었던 역용서를 제갈옥룡에게 건넸다.

이를 훑어보던 제갈옥룡의 미간이 지렁이처럼 꿈틀거렸다. 그 내용이 심상치 않았던 것이다.

"이건 본래 소리비급이 아닌 것 같은데."

"맞습니다. 제가 기존 비급을 풀어서 쓴 것입니다."

"네가 직접 했단 말이냐?"

제갈옥룡이 눈을 부릅떴다.

총운의 총명한 것은 알았지만 무공에도 이리 조예가 깊은 줄은 몰랐다.

"장로들을 물리치고 세가를 일으키려면 청룡패가 반드시 필요합니다. 아버님의 뜻도 저와 다르지 않을 거라 생각합니다."

총운의 말에 제갈옥룡이 신음을 뱉었다. 그는 역용서와 총운을 번갈아보며 말을 이었다.

"비급을 직접 푼 걸 보니 네 각오도 알 만하다. 하지만."

제갈옥룡이 힘을 주어 말했다.

"만약 청룡패를 가지고 일이 잘못됐을 때는 어찌 할 것이냐?"

"저번에 말씀드렸습니다. 저는 집안의 일을 마무리 짓는 대로 개방으로 가겠다고 말입니다. 하나 만족할 만한 결과가 나지 않는다면 그 말을 무르겠습니다. 저는 앞으로 평생 세가를 떠나지 않고 머무를 것입니다."

"그 말 믿어도 좋은 거겠지?"

"아버님께 드린 약조를 어찌 무를 수 있겠습니까?"

"좋다. 마음대로 해보 거라. 네 그릇이 얼마나 큰지를 이번에야말로 알 수 있겠지."

제갈옥룡이 방에 걸린 벽화를 들췄다. 그러자 빈 공간에 있던 황금 금고가 드러났다.

철컥하고 자물쇠가 열리자 제갈가의 신물인 청룡패가 모습을 드러냈다.

푸른 용은 여의주를 문 채로 하늘로 올라갈 듯했다.

총운은 조심스럽게 청룡패를 받아들었다.

"감사합니다."

"감사할 것 없다. 힘에는 책임이 따르는 법이니까. 그만 가거라."

제갈옥룡이 한숨을 쉬며 총운을 물렸다.

방을 나온 총운은 한동안 청룡패에서 눈을 떼지 못했다. 이를 보고 있자니 가슴 깊숙한 곳에서 뜨거운 것이 올라왔다.

드디어 세가를 일으킬 힘을 얻었다.

청룡패와 함께라면 분명 그의 계획도 하늘 높이 날 수 있으리라.

총운은 망설임없이 정각정을 향했다.

그의 다음 목표는 제갈태천과 계획을 논의하는 것이었다.

소리비급의 역용서가 있다고 하지만 이를 익힐 수 있는 사람
이 없다면 말짱 꽝이었다.

정각정 공터에는 예전과 같이 대천성대와 제갈태천이 있
었다.

그들은 이른 시각부터 무공수련에 매진했다.

"요새 바빠 보인다."

제갈태천이 총운을 보며 어깨를 으쓱했다.

총운이 세가에 복귀한 지도 어언 일주일이 지났다.

하나 총운은 매일 서재에 틀어박혀 나올 생각을 하지 않았
다.

보통 사람이라면 사람들도 만나며 회포를 풀었을 텐데 전
혀 그런 모습이 없었다.

"이런저런 일이 있었지요. 괜찮으시다면 잠깐 시간을 내주
실래요?"

"뭐 안 될 것 없지."

총운은 제갈태천과 함께 조금 떨어진 곳에 자리를 잡았다.

총운을 보는 제갈태천의 시선은 조금 미묘했다.

동생이 평범하지 않다는 것은 제갈가의 인물이라면 누구
나 다 아는 사실이었다.

그가 꺼낼 이야기도 분명 범상치 않으리라는 예감이 들었다.

"세가가 튼튼해지기 위해선 본가의 부대가 신기전대를 뛰

어넘어야 합니다. 여기는 동의하시죠?"

"그야 그렇지."

제갈태천이 떨떠름하게 대답했다.

"그래서 제가 준비한 게 있습니다. 봐주시죠."

총운은 장포에 감춰두었던 역용서를 꺼냈다.

이를 받아든 제갈태천은 그저 어깨를 으쓱했다.

"소리비급? 이건 먼 옛날에 읽었어. 여기 적힌 걸론 무공수
련을 못해."

제갈태천은 역용서를 볼 생각도 하지 않았다.

일전에 읽었던 소리비급은 매우 난해한 경전과 같았다.

초식에 대한 설명도 현학적이었을 뿐더러 중간 중간 쓸데
없는 선조의 일대사도 적혀 있었다.

"이 아우를 믿고 읽어보시죠."

"참나. 알았다."

제갈태천은 건성건성 책장을 넘겼다.

하나 장이 넘어가면 갈수록 눈이 휘둥그레졌다.

총운이 건넨 비급이 예전에 읽었던 비급과는 차원이 달랐
기 때문이다.

역용서 첫 장에는 소리비도의 현묘한 이치를 풀어놓았으
며 각 장에는 초식을 수련하는 구체적인 방법이 적혔다.

그야말로 소리비급을 완전히 꿰뚫어놓은 서책이었다.

"설마 이걸 네가 다 풀었니?"

"두문불출했던 것도 다 이것 때문이죠."

총운은 피식 웃으며 답했다.

소리비급 때문에 쥐어뜯은 머리는 헤아릴 수도 없이 많았다. 고생한 만큼의 성과는 보았지만 말이다.

"대단하구나. 이 정도 풀이라면 당장 비급을 익혀도 되겠어."

제갈태천이 작게 고개를 끄덕였다.

완전히 풀이된 소리비급을 보니 익히고 싶은 마음이 굴뚝같았다.

잠들었던 비도술이 깨어난다면 분명 세가에도 큰 힘이 될 것이다.

"그런데 이걸 어떻게 풀었니? 네가 아무리 총명하다고 해도 무공을 이해하는 것과 경전을 이해하는 건 천지차이인데 말이다."

"십삼 년간 강호를 유람했습니다. 무공에 대한 견식이라면 넘칠 만큼 했지요."

총운이 담담하게 말했다.

조화경에 들었다는 사실은 아직 감춰야 했다.

장로들의 뒤통수를 치기 위해도 이는 필수적인 사항이었다.

누이인 제갈유화에게도 역시 입단속을 부탁했었다.

"어쨌거나 대견하구나. 네 덕분에 소리비급이 다시 빛을 볼 수 있게 됐어."

"과찬이십니다. 그럼 이제 슬슬 본론을 말씀 드릴까 합니다."

총운은 제갈태천을 보며 천천히 말을 이었다.

총운이 풀어낸 역용서를 통해 세가의 새로운 무력단체인 소리비천대가 탄생할 것임을.

그리고 이를 총괄하는 것은 다름 아닌 제갈태천이 되리라는 것을 말이다.

"어떻습니까?"

총운이 딱 부러지게 말을 마쳤다.

그의 눈에는 어느새 호랑이도 울고갈 만한 기백이 넘쳤다. 이런 눈의 총운을 막을 수 없음을 제갈태천은 너무나 잘 알고 있었다.

고민하던 그는 무릎을 탁 쳤다.

"좋다. 너를 믿어보마. 어차피 이대로 가다간 세가에 미래는 없으니까."

"감사합니다. 앞으로 형님의 미시(未時)는 제게 맡겨주십시오. 함께 소리비도를 익혀야 할 테니까요."

총운은 담담하게 말을 이었다.

그는 제갈태천이 신임할 수 있는 수하 오십 명을 선발해 달라고 했다.

소리비천대로 소속될 무사들을 뽑는 것이었다.

"비도와 의복의 보급은 당주님을 뵙고 상의하겠습니다."

"그래. 네가 어련히 잘 하겠지."

제갈태천이 작게 고개를 끄덕였다.

세가에 돌아온 지 일주일 만에 이 만한 계략을 짜다니. 역시 총운은 천기자의 재목임이 분명했다.

"그럼 본격적인 수련은 내일부터 시작하겠습니다.

대화를 끝낸 총운은 곧장 주작당을 향했다.

장로들과도 담판 지을 일이 있었기 때문이다.

세가의 세력을 키우는 것도 중요했지만 장로들의 기를 꺾는 것도 그에 못지않게 중요했다.

"그대들이 쇠락할 날도 머지않았습니다."

총운의 얼굴에 싸늘한 미소가 어렸다.

총운의 발걸음은 거침이 없었다.

그는 당당한 모습으로 주작당의 총문 앞에 섰다.

총문을 넘어서자 줄줄이 늘어선 무사들이 검을 휘두르고 있었다.

기합과 함께 날이 선 검이 허공을 갈랐다.

'확실히 강하다. 대천성대와는 비교도 되지 않아.'

총운은 자신도 모르게 눈썹을 찌푸렸다.

그들은 철현검법뿐만 아니라 소천성검법까지 연마하고 있었다.

이를 통해 검격의 강함과 부드러움을 모두 잡으려고 하는 것이다. 지금 보니 장로들이 큰소리를 치는 것도 충분히 이해가 갔다.

"공자님 아니십니까? 주작당에는 어쩐 일이십니까?"

세가의 장로 칠 인 중 한 명인 양모은이 총운을 알아보았다. 그는 조금 의외라는 듯 어깨를 으쓱했다.

언젠가 총운이 주작당을 찾으리라는 건 분명했다. 하나 그 시가가 복귀한 지 일주일만이라는 건 조금 의외였다.

"장로님들과 이야기를 나누고 싶은 게 있어서요. 대장로님은 안에 계십니까?"

"물론입니다. 공자님이 오셨다고 언질을 드리겠습니다."

총운은 양모은과 함께 대장로가 머무는 정방을 향했다.

때마침 장로들이 모두 모여 차를 마시는 중이었다.

'잘됐군. 이왕 일을 벌이는 거 크게 저질러야지.'

그는 씨익 웃으며 정방으로 들어갔다.

그의 갑작스런 등장에 장로들의 얼굴에 불편한 기색이 드러났다.

"이른 시각부터 주작당에는 어쩐 일이십니까?"

대장로인 황호림이 선수를 쳤습니다.

"장로회에 문안인사 드리러왔습니다. 차 정도는 얻어 마실
수 있겠죠?"

총운은 너스레를 떨며 자리를 잡았다.

적진일수록 오히려 자신감을 잃어서는 안 됐다.

태평한 모습으로 상대의 속을 떠봐야 하는 것이다. 그는 시
녀가 내온 차를 단숨에 들이켰다.

이제 장로들의 관심은 모두 총운에게 쏠려 있었다.

총운이 범상치 않은 인물이라는 것은 장로들도 잘 알았다.
만약 그가 집을 떠나지 않았다면 장로회가 경작지를 차지할
수도 없었으리라.

"오랜 시간 자리를 비웠지만 장로님들은 반로환동을 하신
것 같습니다. 어찌 예전보다 훨씬 혈색이 좋으십니다."

총운은 치켜세우는 척하며 그들을 비꼬았다.

그 속뜻을 읽은 몇몇 장로만이 신음을 흘릴 따름이었다.

"공자님이야말로 신수가 훤하십니다. 이제는 미남자의 풍
모를 숨길수도 없겠습니다그려."

황호림이 껄껄 거리며 웃었다.

"과찬의 말씀입니다. 그나저나 장로회의 무사들은 무척이
나 강해보이더군요."

"갈 길은 아직 멀었습니다. 우리들의 경쟁상대는 다름 아

닌 구파의 무사들이니까요."

황호림이 슬쩍 우리라는 말을 구겨 넣었다.

본가나 장로회나 다 같이 제갈가의 식구임을 강조한 것이다.

황호림의 대답에 총운은 속으로 코웃음을 쳤다.

'무공뿐 아니라 말발도 수준급이군.'

그는 속마음을 감춘 뒤 대화를 이어나갔다.

"제가 주작당에 들린 것은 한 가지 제안을 드리기 위함입니다."

총운은 자신감 넘치는 얼굴로 장로들을 응시했다. 이에 장로들은 올 것이 왔구나 하는 표정을 지었다.

"몇 년 사이 녹림무리가 근방을 흉흉하게 한다고 들었습니다. 이럴 때 일수록 내부의 단합을 견고하게 하는 것이 무엇보다 중요하다고 생각합니다."

총운은 천천히 말을 이었다.

"그런 의미에서 세가 내부에서 비무대회를 하는 건 어떨까요? 장로회에서 삼 인을 뽑고 본가의 무사들 중 삼 인을 뽑아 무예를 겨루는 겁니다."

총운의 한 마디에 좌중이 싸늘해졌다.

전혀 뜻밖의 제안에 장로들은 어안 벙벙한 표정을 감추지 못했다. 오직 대장로인 황호림만이 여유롭게 턱수염을 쓸어 담았다.

"흥미롭기는 하군요. 하지만."

황호림이 총운을 보며 씨익 웃었다.

"공자님도 아시다시피 우리의 적은 녹림입니다. 한가하게 비무를 벌일 틈이 있을까요?"

"아니요. 적은 오히려 내부에 있을 지도 모르죠."

총운의 싸늘한 눈빛이 장로들을 훑었다. 이를 마주한 장로들은 하나같이 시선을 피했다.

"왜들 긴장하고 그러십니까?"

총운은 헛헛하게 웃으며 말을 이었다.

"작은 형님께서 분전을 하고 계시긴 하지만 무사들 기강이 많이 해이한 듯합니다. 신기전대와 비무를 하면 좋은 자극이 되리라 의심치 않습니다."

"그런 속뜻이 있으셨군요. 역시 공자님의 비범함은 저희 장로들이 따라갈 수가 없습니다."

황호림이 턱수염을 쓸며 말을 이었다.

"좋습니다. 세가를 위한 일이라면 저희 장로회도 발 벗고 나서야죠."

"흔쾌히 대답해주시니 감사할 따름입니다. 비무의 즐거움을 위해 한 가지 제안을 더 하고자 하는데 어떻습니까?"

총운의 깜짝 발언에 장로들이 동요하기 시작했다. 여유를 잃지 않았던 황호림조차 눈을 치켜떴다.

"말씀해주시지요."

"만약 대천성대가 비무에서 이기게 된다면 장로회분들께서 황무지를 개간해 주셨으면 좋겠습니다."

"황무지요?"

"그렇습니다. 평야가 끝나는 곳에 자갈밭이 있지 않습니까? 대략 오십 경(頃)정도 되는 것으로 알고 있습니다. 이를 개간하면 소작수입을 더욱 올릴 수 있을 겁니다."

"확실히 재정에 큰 도움이 되겠군요. 저도 세가로 넘어오는 농민은 많은데 땅은 부족한 상황이라 알고 있습니다."

"말이 통하니 기쁘지 그지없군요."

총운은 씨익 웃으며 차를 들이켰다.

그가 이런 제안을 한 이유는 단순했다.

장로 수중에 떨어진 경작지를 복구하기 위함이었다.

이미 넘겨준 땅을 도로 뺏는 것은 어불성설이었다. 그러니 새 농토를 추가로 확보하려는 것이었다.

"하나 땅이 넓어서 시간이 꽤나 걸릴 것 같습니다. 게다가 신기전대는 무력단체지 농민들이 아니니까요. 혹시 개간하면 저희 몫으로 돌아오는 것이 있습니까?"

"없습니다. 하지만."

총운은 뜸을 들인 뒤 말을 이었다.

"만약 대천성대가 비무에서 패배한다면 제 몫의 경작지를 떼어드리겠습니다."

총운의 발언에 장로들이 휘둥그레 눈을 떴다.

차기 가주인 총운이 경작지를 때준다는 것은 세가의 노른 자를 차지 할 수 있다는 뜻이었다.

"그거 흥미로운 제안이군요. 약조만 확실하게 해주신다면 저희야 거절할 이유가 없습니다. 하나."

황호림이 뜸을 들인 뒤 말을 이었다.

"가주께서는 알고 계신 것입니까? 그만한 일을 혼자서 결정하실 수는 없을 텐데요."

"거기에 대해서는 걱정할 필요가 없습니다."

총운은 씨익 웃으며 청룡패를 꺼냈다.

이를 확인한 장로들은 자신도 모르게 신음을 터뜨렸다. 청룡패가 가진 의미를 누구보다 잘 아는 그들이었다.

"허허. 청룡패라. 이거 황금보다 더욱 단단한 약조군요."

황호림이 턱수염을 쓰다듬으며 차를 들이켰다.

그는 총운의 속내를 간파하기 위해 안간힘을 썼다. 어째서 공자는 갑작스레 비무와 함께 이런 제안을 했을까.

대천성대가 신기전대에 못 미친다는 것은 모두가 아는 사실이었다. 총운이 한 제안은 스스로 무덤을 파는 것과 다름없었다.

"생각하시고 자시고 할 게 있습니까? 저는 장로님들을 위해 제안한 것인데."

총운은 대답을 촉구했다. 상대에게 생각할 겨를을 주지 않기 위함이었다.

고민하던 황호림이 이내 무릎을 탁 쳤다.

"좋습니다. 저희도 공자님의 뜻에 따르겠습니다. 내기가 걸려야 비무를 보는 재미가 더해지겠지요."

"대장로님."

"조금 더 생각해 보서야 하지 않겠습니까?"

몇몇 장로가 탐탁지 않은 기색을 보였다. 하나 황호림은 이를 모두 물렸다.

총운은 장로들의 행패를 은근히 비꼬았다.

"그럼 비무대회는 결정된 것으로 알고 이만 물러나겠습니다. 날짜는 두 달 뒤로 잡겠습니다. 마침 가주님의 생신도 있으니까요."

총운은 문을 쾅 닫고 주작당을 벗어났다.

그는 팔짱을 낀 채로 정방을 응시했다.

"고양이가 생선을 물지 않을 리 없겠지요. 하지만 그 생선에는 독이 들어 있답니다."

*　　*　　*

그날 저녁.

넉넉한 보름달이 하늘에 걸렸다.

하늘에 점점이 박힌 별들이 보석처럼 부서졌으며 한줄기 바람이 시원스레 머리를 훑어주었다.

총운은 장포를 휘날리며 태산을 오르고 있었다.

장로들을 골려주고 세가의 땅을 되찾을 발판은 이미 마련했다. 하지만 그가 해결해야 할 문제는 아직도 산적했다.

최우선 과제는 물론 소리비천대의 육성이었다.

그들은 반드시 신기전대를 넘어선 제갈가의 수호신이 되어야 했다. 그렇지 않고서는 언제까지고 장로회에게 끌려 다닐 수밖에 없었다.

그뿐만 아니라 대천성대의 무공수위도 높여할 필요가 있었다. 총운은 그들을 강성하게 만들어 표국의 무사로 파견할 생각도 가지고 있었다.

이를 통해 세가의 재정을 풍부하게 함이었다.

그들에게는 철현검법뿐만 아니라 천지호현검법까지 익히게 할 생각이었다. 이를 통해 검술의 전반적인 경지를 올리는 것이다.

다음으로는 작은형인 제갈태천과 소리비도에 매진하는 일이 남았다. 제갈가를 일으키는데 필요한 것은 당연히 제갈가의 무공이었다.

"형님이라면 능히 해낼 수 있을 것이야."

총운은 자신도 모르게 두 주먹을 불끈 쥐었다.

제갈태천은 세가의 흔치 않은 타고난 무골이었다.

어렸을 적부터 힘이 장사였으며 몸을 움직이는데 특별한 소질을 보였다.

동물적인 감각에 비해 판단력이 부족하기는 했지만 이는 능히 총운이 보완해 줄 수 있었다.

"비무는 총 세 번 치러진다. 내가 승리하는 것은 기정사실이니 형님이 잘해 주시면 질 수가 없다."

총운은 이미 계산을 끝마친 뒤였다.

비무 당일 신기전대를 격파하는 것은 아버지께 바치는 가장 큰 선물이 될 것이다.

이를 상상하는 것만으로도 벌써 입써 미소가 걸렸다.

생각에 잠긴 사이 어느새 태산 중턱에 올랐다.

그는 품에 숨겨두었던 술병에 입을 댔다. 알싸한 계림삼화주가 목을 간질이며 넘어갔다.

총운의 발걸음은 오솔길을 지나 구봉능선을 향했다.

녹림무리의 침입과 관련하여 확인하고 싶은 사실이 있었기 때문이다.

"구린 게 더 있음이 분명하다. 그렇지 않고서는."

총운은 의구심을 떨치지 못했다.

태산에 주요거점에는 제갈가의 절진 중 하나인 해월방진
이 펼쳐져 있었다. 색이 다소 바라기는 했지만 세가의 기문진
은 아직 맹위를 잃지 않았다.

특히 해월방진은 세가의 기문진 중에서도 열 손가락 안에
드는 것이었다. 녹림무리들이 이를 뚫고 노략질을 한다는 것
은 쉽게 믿기 어려웠다.

"대략 이쯤인가?"

총운은 구봉능선 입구에 멈춰 섰다.

나무들이 양옆으로 늘어선 대로에는 을씨년스러운 분위기
가 흘렀다. 기문진이 제대로 작동하는지 아닌지는 직접 가보
면 알 것이다.

총운은 장포를 휘날리며 해월방진에 들어섰다.

불길한 상상이 맞지 않기를 바라면서.

『개방무적』 2권에 계속…

이제부터 전자책은

이젠북

www.ezenbook.co.kr

새로운 세계가 열린다!

서현 『조동길』　남운 『개방학사』　백연 『생사결』
목정균 『비뢰도』　좌백 『천마군림』　수담옥 『자객전서』
용대운 『천마부』　설봉 『도검무안』　임준욱 『붉은 해일』
진산 『하분, 용의 나라』　천중화 『그레이트 원』

이름만 들어도 황홀할 정도의 별들의 향연!

이들의 "유료연재"가 시작됩니다!

검색창에 **이젠북** 을 쳐보세요! ▼ 🔍

獨步行

독보행

임영기 新武俠 판타지 소설

FANTASTIC ORIENTAL HEROES

그날, 심산유곡에서 수련하던
한 명의 소년이 강호로 내려왔다.

모든 이가 소년을 비웃고,
모든 무사가 그를 깔봤다.

소년은 흔들리지 않는다.
"이 천하를 독보(獨步)하리라!"

한번 시작한 걸음, 결코 멈추지 않으리라.
천하여! 무림이여!
대무영(大武英)이 간다!

Book Publishing CHUNGEORAM

유행이 아닌 자유추구
WWW.chungeoram.com

ALCHEMIST

FUSION FANTASTIC STORY 시이람 장편 소설

2013년, 또 하나의 현대물이 깨어난다.
현대에서 펼쳐지는 연금마법진의 진수!

인간 최초의 9서클을 이룩한 마법사 아스란.
죽음의 위기에서 그가 남긴 유지가
차원을 넘어 지구에 떨어진다.

일리미트 비블리어시카(Illimite bibliotheca)!

그 무한한 힘과 지식을 얻게 된 김창준.
3년 전으로 돌아간 날을 기점으로,
삶이, 인생이, 그의 희망이 바뀐다!

현대에 강림한 진정한 마법사의 전설!
끝도 없이 세상을 향해 날개를 펼치다!

Book Publishing CHUNGEORAM

유행이 아닌 자유추구~
WWW.chungeoram.com

생존록
홍준성 퓨전 판타지 소설
FUSION FANTASTIC STORY
대한민국 평범한 청년 정우성.
어느날 합숙을 가러 집을 나섰는데,
휘이이잉-
"이, 이게 무슨……?"
눈앞에 펼쳐진 설원.
설원을 지나니 이번엔 밀림이?
보랏빛 행성이 하늘에 떠 있고 나무가 살아 움직인다.
"살아남아 반드시 지구로 돌아가리라!"
베인의 이계 생존록.
살아남기 위한 그의 처절한 노력이 시작된다.
Book Publishing CHUNGEORAM
유행이 아닌 자유추구 -
www.chungeoram.com

十萬
對敵劍

Fantastic Oriental Heroes

십만대적검

오채지
新무협 판타지 소설

개파 이래 한 번도 고수를 배출한 적 없는
오지의 산중문파 제종산문.

무려 십칠 대에 이르러서야 마침내 괴물 같은 녀석이 나타났다!
하지만 그는 세상사에 초연하기만 하고,
속 터진 사부는 천일유수행(千日流水行)을 핑계 삼아
제자를 산문 밖으로 내쫓는데……

『십만대적검』!

바깥세상이 궁금하지 않았던 청년 장개산의
박력 넘치는 강호주유기!

Book Publishing CHUNGEORAM

이문혁 장편 소설

FUSION FANTASTIC STORY

-BONG CENTER-

PURSUER
퍼슈어

「난전무림기사」, 「마협 소운강」의 작가 이문혁
그가 그려내는 현대물의 신기원!

서울 서초구 고층 빌딩 사이에 존재하는
아는 사람만 아는 미지의 건물 봉 센터.
베일에 쌓인 그곳에 오늘도
정보에 목마른 자들이 왕래한다.

정계의 비밀부터 국가 기밀까지,
혹은 사회를 떠들썩하게 만든 사건의 정보까지!
원하는 모든 것을 찾아주나,
아무나 그곳을 찾을 수는 없다!

그대여, 이런 현대물을 본 적이 있는가!
이 세상의 어둠 속에서 숨 쉬는
또 다른 세상의 이면을 즐겨라!

김중완 장편 소설

서린의 검

Serin's Sword

FUSION FANTASTIC STORY

2013년 봄과 함께 찾아온 청어람 추천작!
『로드 오브 마스터』,『신검신화전』의 김중완.
그가 돌아왔다!

번개와 함께 찾아온 검,
그 검과 찾아든 기연은 운명을 개척한다!

그 어떤 누구도 그가 가는 길을 막을 수 없다!
절대 강자 서린의 호쾌한 독보를 기대하라!

"내 앞을 막지 마라! 이것이 나의 검이다!"

우리는 그를 가리켜 검의 주인, 마스터라 부른다!

『서린의 검』

Book Publishing CHUNGEORAM